NICOLAS II

LE ROMAN D'UNE RÉVOLUTION

LÉNINE

Collection « Mystères et évasion »
dirigée par Vladimir Fédorovski

Poutine, l'Ukraine, les faces cachées, 2022

ISBN 978-2-94071-922-8

Vladimir Fédorovski

NICOLAS II
LE ROMAN D'UNE RÉVOLUTION
LÉNINE

Balland

Prologue

Derrière l'action actuelle du président russe se profile le retour de l'URSS cent ans après sa fondation. Dans *Poutine, l'Ukraine, les faces cachées*, nous avons évoqué les figures qui ont marqué Poutine, de Staline à Gorbatchev. Dans ce nouveau livre, à partir des témoignages d'archives inédits, nous allons mettre en lumière les ressorts cachés d'une révolution, des clés historiques pour déchiffrer l'énigme de la Russie d'aujourd'hui.

*

Poutine et les enjeux d'une révolution : Nicolas II-Lénine

À la fin du XIXe siècle, Moscou avait conservé son ancienne apparence de ville de province, pittoresque et féerique. La capitale russe rappelait le merveilleux des légendes ancestrales de l'Orient et la ville, avec ses jardins sombres blanchis par la neige. Depuis les berges de la Moskova, le Kremlin abritait des monastères et des résidences colorées, agrémentés de terrasses et de dômes. Quelques églises blanches surplombaient la ville de leur toit vert et de leur clocher aux reflets d'or.

Moscou comptait alors plus de quatre-cent-cinquante églises au crépi ocre, rose ou bleu ciel. Cité patriarcale et presque campagnarde, forgée par la tradition slavophile, la ville était à l'opposé de Saint-Pétersbourg, la ville des Russes européanisés. Pourtant, Moscou n'allait pas tarder à être à son tour saisie par la fièvre des affaires, se hissant au rang des autres capitales mondiales. « Pour la première fois, le monde occidental suivait la Russie, lui empruntant son style, ses goûts et ses valeurs spirituelles », avait résumé l'historien américain Marc Raev.

Cette époque apparaît sans aucun doute comme un sommet de la civilisation russe. Premier territoire d'Europe par le nombre de ses habitants et par sa superficie (54,1% de l'Europe, sans compter les possessions d'Asie), l'empire russe apparaissait ainsi, aux yeux du monde, comme une puissance promise à un grand avenir.

La Révolution russe changea la donne. En février 1917, une succession d'événements entraîna le renversement du régime tsariste de Russie. La même année, en octobre, Lénine prit le pouvoir et permit l'instauration d'un régime communiste. Ces deux révolutions, à quelques mois d'intervalle, débouchèrent sur une guerre civile d'une extrême violence. Celle-ci s'acheva par la victoire des bolchéviks guidés par Lénine. Ils purent alors réunir à nouveau, sous l'égide de l'URSS, la majorité des territoires de l'ex-empire.

Les authentiques protagonistes de cette Histoire sont peu nombreux, à peine une poignée d'individus. D'ailleurs, et nous l'évoquerons aussi à la fin de ce livre, la réussite « de la contre-révolution » sonnant la fin du communisme en 1991 sera également l'œuvre d'un groupe très limité de réformateurs.

Certains sont entrés dans l'histoire comme Lénine ou Staline. D'autres sont peu connus du grand public alors qu'ils ont joué un rôle déterminant dans ces événements dramatiques. C'est le cas notamment des agents doubles Azev ou Parvus… aussi énigmatiques que discrets.

Plus mystérieusement encore, la trame de cette histoire est tissée par deux couples : Lénine et l'amour de sa vie, une femme d'origine française Inès Armand, et leur antithèse le tsar Nicolas II et son épouse. Ces deux couples symbolisent de façon emblématique le choc des mentalités, les heurts de l'histoire qui bascule et ne cesse d'être traversée par les tensions entre les deux mondes qu'ils incarnent. Guidée par Lénine, la révolution russe devint la source de passions placées au cœur d'un grand débat d'idées qui marquera le XXe siècle.

Pour l'historiographie monarchiste et conservatrice, tout allait bien (ou presque...) en Russie jusqu'à la révolution – un accident provoqué par les ennemis intérieurs et extérieurs du pays.

Pour l'historiographie libérale, tout allait de mieux en mieux vers la fin de la période tsariste, la Russie se modernisait – mais tout s'est brisé à cause de la Grande Guerre.

Pour l'historiographie radicale et socialiste, la révolution de février 1917 était nécessaire car rien n'aurait pu changer sans elle compte tenu de la nature profondément conservatrice du régime tsariste et de ses classes dirigeantes. D'ailleurs, comme l'estime Richard Pipes, « pour la majorité des historiens occidentaux toutes tendances confondues, la chute du tsarisme ainsi que le triomphe du bolchévisme étaient inévitables alors que l'émergence de Staline comme successeur de Lénine a été une espèce d'accident ».

Pour l'historiographie soviétique enfin, la révolution d'Octobre et la victoire bolchévique étaient prédéterminées par le jeu des forces en présence et elles permirent d'instaurer « un monde nouveau ». Les communistes affirmaient avoir été choisis par l'histoire pour réaliser le passage décisif de l'humanité d'une société fondée sur les classes sociales à une société sans classes.

Certains aspects de l'action de Lénine, notamment son « testament », sont encore enveloppés de mystère dans la mesure où, pendant soixante-dix années, les autorités en charge des archives soviétiques les ont tenues fermées aux chercheurs indépendants. Seuls les "spécialistes" y avaient accès, avec l'aval du parti communiste, à condition qu'ils soient décidés à soutenir la version officielle des événements : la révolution était prédéterminée et elle devait permettre le triomphe de Lénine.

Après la chute du communisme les archives – à l'exception des archives secrètes, les dénommées Archives présidentielles et les archives du KGB – ont été ouvertes et permirent de dresser enfin un tableau politiquement impartial des événements.

Les chiffres des victimes sont un enjeu de poids dans le débat des historiens. Jusqu'en 1953, ils estimaient entre deux et quatre millions le nombre de détenus du goulag, avec un taux de mortalité oscillant entre 25 et 50% par an, et deux millions de déportés libérés, mais assignés à résidence à proximité des camps, frappés d'une mortalité tout aussi élevée. Le grand protagoniste de la révolution russe, Trotski, avait même pressé Staline d'agir plus rapidement pour accomplir un « nettoyage définitif », selon sa terrible formule.

Dans l'historiographie moderne, un mythe s'est installé, tendant à dire que la Russie était un pays à part, coupé de l'Occident. Pourtant, le début du XXe siècle s'est avéré être pour elle une extraordinaire période de développement. Après Tolstoï, Tchekhov, Tchaïkovski, la nouveauté culturelle était venue des ballets russes créés par Serge de Diaghilev qui s'était adjoint les meilleurs éléments du théâtre Mariinsky de Saint-Pétersbourg, à l'époque d'Igor Stravinsky. En peinture, Kandinsky et Chagall étaient salués par la critique. Non seulement culturellement, mais aussi sur le plan industriel, le pays faisait pleinement partie de l'Europe.

Si la révolution d'octobre 1917, l'œuvre de Lénine, demeure pour beaucoup « un progrès significatif », elle suscite néanmoins, encore aujourd'hui, un débat passionné. Alors que rien ne la laissait deviner, elle s'est déclenchée brusquement et a emporté l'adhésion des foules. Churchill résumait avec ironie l'état du pays à ce moment-là : « La Russie est un vaisseau qui, après avoir franchi toutes les tempêtes, a coulé en vue du port ! » Si la Russie avait poursuivi la guerre durant une année supplémentaire, 1918 aurait pu voir le rétablissement du pays à partir d'un système plus démocratique. Cette situation aurait évité la révolution et conservé à la Russie son statut de grande puissance.

Mais pourquoi Lénine a-t-il réussi en 1917 ? Que reste-t-il aujourd'hui des combats de l'époque ? Comment l'actuel chef du Kremlin décrypte-t-il ce moment-clé de l'histoire de son peuple ?

*

Poutine et la vieille question de la décentralisation : Lénine-Staline

Le président russe Vladimir Poutine a évoqué l'action de Lénine pour justifier l'escalade du conflit en Ukraine et la reconnaissance de l'indépendance des républiques séparatistes du Donbass. Le principal argument avancé est que la nation ukrainienne n'existe pas.

Selon le chef du Kremlin, l'Ukraine n'est « pas seulement un pays voisin pour nous », « c'est une partie inaliénable de notre propre histoire, de notre culture et de notre espace spirituel ». Dans son discours du 21 février 2022 à Saint-Pétersbourg, il s'en est clairement expliqué : « L'Ukraine moderne a été entièrement créée par la Russie ou, pour être plus précis, par la Russie bolchévique et communiste. Ce processus a commencé pratiquement juste après la révolution de 1917, et Lénine et ses associés l'ont fait d'une manière extrêmement brutale, en séparant, en coupant ce qui est historiquement une terre russe. »

Avec la révolution d'octobre 1917, les conseils des travailleurs et des soldats en Russie ont créé un nouveau gouvernement. Dirigé par Lénine, ce gouvernement s'est notamment engagé à respecter le principe de l'autodétermination des peuples opprimés. Ce droit a ensuite été inscrit dans la constitution de l'Union soviétique, accordant à chaque République socialiste le droit inconditionnel de faire sécession.

Aux yeux de Poutine, ce principe démocratique est « pire qu'une erreur », car il s'oppose à ce qu'il appelle les « principes fondamentaux de l'État ». Et l'on touche effectivement là au nœud du problème et à l'antagonisme irréductible entre les positions du chef du Kremlin et celles de Lénine. Ce dernier aspirait à construire le communisme qui visait, entre autres, la disparition de l'État.

Cette contradiction fut à l'origine des premiers désaccords entre Lénine et Staline. Très vite, l'un des points d'achoppement majeurs entre Lénine et Staline portera sur la question des nationalités et de l'autodétermination liée à la fondation de l'URSS en décembre 1922.

Sur ce sujet, Lénine va évoluer. Après avoir été un fervent partisan du centralisme, il finira par reconnaître le « caractère inévitable » du fédéralisme. À partir de 1922, il se déclare favorable à la création d'États fondés sur des critères ethniques entretenant entre eux des rapports contractuels. Staline y est radicalement opposé. Pour lui, la décentralisation pourrait, à moyen terme, faire exploser l'URSS.

Le 10 août 1922, le Politburo décide de créer une nouvelle commission afin d'examiner la question des relations entre la Russie et les républiques soviétiques « indépendantes » que sont l'Ukraine, la Biélorussie et les trois républiques transcaucasiennes : l'Arménie, l'Azerbaïdjan et la Géorgie. Staline met au point un « projet d'autonomisation » pour les intégrer à la Fédération russe, avec des traités de commerce extérieur, de politique étrangère et de défense. Il unit leurs commissariats aux affaires étrangères, au commerce extérieur, à la défense et aux transports avec ceux de la Russie, tout comme leurs services secrets qui se fondront dans la GPU, la police politique de l'Union soviétique entre 1922 et 1934. Les autres commissariats – justice, éducation, affaires intérieures, agriculture, inspection d'État – relèvent encore de la compétence des pays.

Le Comité central du PC géorgien rejette immédiatement ce projet qu'il trouve prématuré, tandis que des protestations montent vers Lénine : « Nous vivons dans la confusion et le chaos ! » Lénine transmet ses réserves au camarade Lev Kamenev, président du Politburo : « Staline a tendance à précipiter les choses » et il ajoute que des amendements seront nécessaires. En particulier, la formulation « intégrer la Fédération russe » devra être remplacée par le concept plus nuancé d'« unification formelle avec la Fédération russe dans une Union des républiques socialistes soviétiques d'Europe et d'Asie ». Lénine en est convaincu, on ne doit pas détruire leur indépendance mais bâtir une fédération de républiques indépendantes ayant les mêmes droits.

Staline et ses comparses ne veulent rien entendre. Lénine les voit comme « des représentants d'une grande puissance dominatrice » et le 6 octobre 1922, il transmet à Lev Kamenev un message menaçant : « Je déclare la guerre au chauvinisme grand-russe : il faut affirmer de la façon la plus catégorique qui soit que le Comité exécutif central de l'Union sera présidé, à tour de rôle, par un Russe, un Ukrainien, un Géorgien… » Il ajoute : « Staline, dans sa hâte et son engouement pour les méthodes administratives, sans parler de son hostilité déclarée envers le social-nationalisme, a joué un rôle catastrophique. L'animosité rancunière est ce qu'il y a de pire en politique. » Aux yeux de Lénine, Staline est évidemment incapable d'exercer les plus hautes responsabilités.

L'ensemble du projet de l'Union soviétique doit être repensé. Si l'empire conserve les fonctions militaires et diplomatiques, les autres prérogatives doivent être rendues aux républiques. Lénine se veut rassurant : le pouvoir n'est pas menacé et si le Parti exerce son autorité de façon judicieuse, il permettra de réaliser l'unité nécessaire. Pour lui, « il est inacceptable qu'au moment précis où l'Orient s'éveille, nous sapions notre prestige en maltraitant nos propres minorités nationales, en commettant des injustices à leur égard. Il faut critiquer l'impérialisme étranger. Mais il est encore plus important de comprendre que lorsque nous adoptons nous-mêmes une attitude impérialiste, ne serait-ce que sur des points de détail, à l'égard des nationalités opprimées, nous revenons sur nos positions de principe ».

Cette question, présente dans le monde communiste jusqu'à sa chute en 1991, est toujours d'actualité avec Vladimir Poutine. Les nostalgiques de Staline ont beau jeu de rappeler son analyse et ce qui allait se passer trente-huit ans après sa mort, lui donnant pleinement raison.

*

Dans ce récit passionnant, truffé d'anecdotes et de révélations, nous allons parcourir des secrets à demi enfouis – du mécanisme caché de la révolution russe à la vie intime de Lénine ou à son vrai-faux testament –, jeter un nouveau regard sur ces évènements, loin du politiquement correct, de manière à décrypter les enjeux vitaux, non seulement pour la Russie, mais aussi pour l'Europe.

La stratégie de la terreur

Réformer, et réformer de manière radicale, n'est jamais simple pour un État. Passer de l'Ancien Régime à une ère nouvelle ne se fait pas sans heurt. Mais en Russie, la Cour des tsars résistait particulièrement aux changements et s'appuyait sur les cercles traditionnellement conservateurs de la noblesse terrienne. Le tsar Alexandre III (1881-1894) puis son fils Nicolas II (1894-1917) adhéraient sans réserver à la devise slavophile : « orthodoxie, autocratie, nationalisme ». Cependant, à l'aube du XXe siècle et devant les défis imposés par un empire désormais multiconfessionnel et multinational, ce principe n'était plus tenable. La « décadence » s'emparait du pays sous le regard désabusé des élites.

Un véritable fossé séparait la société civile russe du pouvoir tsariste. L'opposition trouvait là un terreau de choix : animée par la haine de l'autocratie, le mépris des gendarmes et la soif des libertés démocratiques, elle allait pouvoir semer les germes d'une révolution.

Au cours des dernières décennies du XIXe siècle, l'opinion libérale avait en effet salué la terreur, sympathisé avec les terroristes et apporté son soutien à leur action. Disciples de Tolstoï pour la majorité d'entre eux, ils approuvaient son message anti-tsariste et la négation de la propriété privée. « Les écrivains humanistes russes de la deuxième moitié du XIX siècle portent sur eux la lourde faute du sang versé au XX siècle sous leur bannière », affirme l'écrivain russe et martyr du goulag Varlam Chalamov.

Dans son article « Gengis Khan et le télégraphe » publié seulement en 1910 à Paris, Léon Tolstoï lui-même avait dressé un portrait sinistre du régime monarchiste, « inutile et criminel ». Il le comparait à celui de Gengis Khan et mettait en exergue son impopularité, prophétisant même sa prochaine disparition.

Au début du XXe siècle, la Russie était en proie à un vaste désordre : les grèves et les manifestations d'étudiants se multipliaient. L'accroissement du prolétariat favorisa la diffusion des idées révolutionnaires. Environ 1,5 million d'ouvriers vivaient dans des conditions de vie et de travail très dures. Le gouvernement ne parvenait pas à surmonter la grande famine de 1891-1892. Des épidémies de choléra et de typhus ravagèrent dix-sept provinces et provoquèrent un demi-million de morts, suscitant une immense colère paysanne.

L'Empire était en sursis, le pays vivait dans l'attente d'un drame. Au cœur de villes sublimes comme Saint-Pétersbourg et Moscou, deux mondes s'affrontaient : celui de l'autocratie vivant dans ses palais étincelants et celui de la rue, dominée par des révolutionnaires cherchant à en découdre, qui n'hésitaient pas à recourir à la violence. Intellectuels dévoyés, marqués par le brassage des milieux sociaux et par une accumulation désordonnée de savoirs les plus divers, ces "terroristes" naissaient le plus souvent sur le banc des facultés où se développait une dangereuse "contre-culture", à laquelle venait s'ajouter la plus grande dépravation.

Nouvelle aristocratie voire « nouvelle Église », la classe intellectuelle se sentait appelée à régénérer la société par le renversement des institutions en place. Ces « possédés », ainsi que les dénommait Dostoïevski, imaginaient que leur « religion révolutionnaire » allait durer mille ans. Tous étaient convaincus de la supériorité de leur nouveau *credo* et de la promesse d'un « paradis sur terre ». Replacée dans cette perspective mystique, leur doctrine se rapprochait d'une nouvelle religion. Elle en avait les mêmes travers et arborait sans retenue son intolérance : ainsi était moral tout ce qui contribuait au triomphe de la révolution.

Selon un constat qui anime encore aujourd'hui les kamikazes islamistes, seule la stratégie de la terreur semblait apte à produire un déclic. Mais en Russie, les acteurs surent masquer les ravages de la terreur et tourner le regard des foules vers leurs nobles objectifs. « On ne tue pas un homme concret, non, en sa personne, on tue le mal lui-même », assuraient les terroristes. Ainsi se préparait déjà la justification de l'assassinat politique de masse qui allait devenir une habitude après la révolution de 1917.

En prenant pour cibles les plus hauts personnages de l'État, les terroristes imposaient leur loi. Néanmoins, lorsque le 4 avril 1866, on tenta d'assassiner l'empereur Alexandre II qui se promenait dans le jardin d'été, l'attentat secoua le pays. Karakazov, l'auteur de l'attentat fut arrêté et condamné à mort par pendaison.

En janvier 1878, une autre révolutionnaire, Vera Zassoulitch, tira sur le gouverneur de la ville de Saint-Pétersbourg, Fiodor Fiodorovitch Trepov, le blessant légèrement. Elle se disait nourrie par « l'appel de la douleur russe et par l'indispensable retour au peuple ».

Cette action marqua le début d'une série d'attentats réussis. De nombreuses femmes venues de la haute société, filles des plus grands dignitaires de l'empire, sont devenues des terroristes. Selon la formule de Soljenitsyne, ce sont de jeunes « nonnes révolutionnaires, militantes, populistes et héroïnes au regard non oblique, au discours exempt de sarcasme qui ne connaissaient que le service du bien public, l'exploit moral et le sacrifice pour ce peuple, et qui cachaient leur beauté foudroyante sous la grossièreté de robes et de fichus bruns, à la manière des femmes du peuple ».

Forts de leurs convictions, les révolutionnaires visaient non seulement les hauts dignitaires mais annonçaient ouvertement leurs attaques. Avant de passer à l'action, ils avaient notamment prévenu le chef des gendarmes, le ministre de la Guerre, le gouverneur de Saint-Pétersbourg. Certains avertissements étaient même remis en main propre. Après chaque attentat, les terroristes propageaient dans la ville des manifestes détaillant les raisons de leurs actes.

À partir de 1878, avec la naissance de l'organisation « Terre et liberté », les attentats se multiplièrent et l'Empereur fit l'objet d'une chasse à l'homme à laquelle même le palais d'Hiver n'échappa pas puisqu'une violente explosion le souffla en février 1880, cette fois sans toucher sa cible. Mais Alexandre II le pressentait, ce n'était qu'une question de temps. Désemparé, l'empereur savait que sa vie était en danger : « Ils me chassent comme ils chasseraient un animal sauvage, disait-il. Mais pourquoi ? Je ne leur ai pourtant rien fait ! »

Chaque attentat était soigneusement planifié par des révolutionnaires totalement dévoués à leur cause. Réunis en petits groupes, ils s'appliquaient à prévoir minutieusement chaque détail de leur mortelle machination, qui ferait d'eux des héros de la révolution en cas de succès.

À Saint-Pétersbourg, la police s'activait pour mettre un terme à ces attentats. Au cours du seul hiver de 1878-1879, deux mille hommes soupçonnés d'activités révolutionnaires furent arrêtés. Pour ces terroristes, le tsar devait mourir et Alexandre II devint alors l'objet d'une traque sans précédent dans l'histoire du terrorisme mondial.

Même le génie de la littérature russe Dostoïevski, l'ennemi idéologique le plus irréductible des terroristes, rendit hommage à leur obstination : « Disons-le sans détour : c'est de la folie, mais en même temps ces fous ont leur logique, leur doctrine, leur code, leur Dieu même. On ne peut être plus déterminé. »

Le point culminant de cette vague de violence se situe en mars 1881 : après sept tentatives, le tsar Alexandre II est assassiné. Il s'agissait pourtant du tsar « libérateur » qui avait proclamé l'abolition du servage en 1861. L'écrasante majorité des Russes vécut sa mort comme une catastrophe nationale.

La société russe perçut soudain l'instabilité, la fragilité extrême de l'état. Le nihilisme n'était plus une vague philosophie, il confrontait les habitants de la capitale aux tragédies de la terreur politique. Après la révolution bolchévique de 1917, ces actions individuelles se transformeront en terreur de masse.

Le successeur du tsar assassiné, l'empereur Alexandre III, dont le règne ne dura que treize ans (1881-1894), sembla vouloir redresser la situation. Il n'entreprit plus aucune guerre et s'occupa des questions intérieures en luttant impitoyablement contre le terrorisme et en prenant plusieurs mesures économiques salutaires.

Un tsar pas comme les autres

Pour affronter cette situation complexe, il aurait fallu un dirigeant d'exception. Mais la Providence en avait décidé autrement.

À vrai dire, l'avènement du tsar Nicolas II en 1894 était inattendu. Son père Alexandre III était encore jeune lorsqu'il fut terrassé après seulement treize années de règne. Âgé de quarante-neuf ans, il apparaissait pourtant comme une force de la nature que rien ne pouvait ébranler. Son fils n'avait pa été préparé à prendre en mains la conduite d'un tel empire. Un jour où le ministre Witte avait proposé à Alexandre III de nommer son fils à la présidence du Comité pour le Transsibérien, le souverain avait répondu sans ambages : « Connaissez-vous le prince héritier ? Avez-vous jamais eu avec lui une conversation sérieuse ? C'est un enfant, ses raisonnements sont enfantins ! »

Pourtant, le futur tsar reçoit, durant treize ans, une remarquable formation. Les langues anciennes et la gymnastique y sont remplacées par des rudiments de sciences naturelles et par les langues vivantes : le français, l'allemand et l'anglais. Ses trois dernières années d'études sont consacrées à l'apprentissage de l'art militaire, à l'économie et au droit. Ses professeurs comptent parmi les meilleurs spécialistes de la Russie.

Cependant, l'étude n'enthousiasme guère l'héritier du trône. Witte, qui fut son ministre, dira de lui : « L'empereur Nicolas II a, pour notre temps, l'instruction moyenne d'un colonel de la garde de bonne famille. » D'ailleurs, le problème ne vient pas d'un manque d'instruction, puisque ce ministre précise : « Nicolas II dépasse largement son auguste père. Mais Alexandre III avait d'autres facultés, qui faisaient de lui un grand empereur… »

Nicolas II naquit à Saint-Pétersbourg le 6 mai 1868. Ce jour-là, l'Église célèbre Job, héros biblique confronté à la tragédie et au malheur. Le souverain citera souvent cette coïncidence de dates. Chrétien fervent, il se soumettra aux évènements, qu'il interprètera comme l'expression de la volonté divine.

Son règne fut marqué par de multiples prophéties ; jamais on n'a tenté aussi désespérément de percer l'avenir d'un homme. Pour le tsar, le chiffre 17 fut fatidique :

17 octobre 1888 : suite au déraillement du train impérial, Nicolas frôle la mort, avec son père et d'autres membres de sa famille.

17 mai 1894 : le couronnement du jeune tsar à la Khodynka est endeuillé par des bousculades dans la foule qui provoquent de nombreuses victimes.

17 octobre 1905 : Signature du manifeste restreignant l'autocratie.

17 décembre 1916 : Assassinat de Raspoutine.

1917 : Fin de l'Empire.

17 juillet 1918 : Assassinat de la famille impériale.

Nicolas II a une constitution d'athlète mais il n'est pas très grand. Il est bien différent des géants qui se sont assis sur le trône russe depuis Alexandre Ier.

Pour ses contemporains, Nicolas II apparaît comme un homme faible, sans volonté, balloté par les uns ou les autres, particulièrement influencé par son épouse à laquelle il voue un amour ardent et sans faille. Les historiens parlent souvent à son propos d'une faiblesse et d'une absence de volonté pathologiques. Pourtant, son principal trait de caractère était l'obstination !

Dans le même temps, Nicolas II louvoyait, ne savait pas dire « non » et produisait une étrange impression de duplicité. Plutôt que de refuser, il préférait manœuvrer, et ses interlocuteurs prenaient ses silences pour une approbation. Mais il attendait que quelqu'un partageât son point de vue et il imposait alors aussitôt sa décision.

La personnalité de l'empereur, monarque absolu, joue un rôle capital dans notre récit. La perception de son caractère eut finalement plus d'importance que le personnage réel et les mésaventures de sa vie intime aident à décrire cette nature ambivalente.

*

Les relations du tsar avec la tsarine – « la femme de sa vie » – illustrent bien l'écart entre la réalité de l'homme et l'idée qu'on s'en est faite. Tout jeune, Nicolas s'est épris d'Alice de Hesse, qu'il épouse après avoir longtemps patienté.

Dans son célèbre testament, Pierre le Grand avait formulé ce conseil pour ses descendants : « Prenez des princesses allemandes. » Et c'est ce que firent tous les empereurs russes, à l'exception du père de Nicolas II marié à une Danoise.

Pourtant, Alice – devenue Alexandra Fiodorovna après sa conversion à l'orthodoxie – est aussi anglaise qu'allemande. La princesse de Hesse a passé toute son enfance à la cour de sa grand-mère, la reine Victoria. Au terme d'une succession de mariages dynastiques, les Romanov n'ont pratiquement plus de sang russe dans les veines. Un biographe de Nicolas II écrivait d'ailleurs : « tsar russe, c'est en soi une nationalité. »

Époux comblé mais empereur désabusé, Nicolas II eut après le décès de son père l'impression que l'Empire lui « tombait sur la tête ». À son cousin et grand ami de jeunesse Sacha, il confia qu'il avait pleuré en apprenant son élévation au trône. Il ajouta : « Je n'ai pas été préparé à régner. Je ne comprends rien aux affaires d'État. Je n'ai pas la moindre idée de la façon dont on parle aux ministres... Je n'ai jamais voulu devenir tsar ! »

Le jeune monarque était un homme sensible, un bon père de famille, peu disposé par nature à suivre les pas de ses ancêtres et à exercer le pouvoir avec rudesse. Il consacrait son temps et ses efforts à assurer le bien-être de sa famille. Il donnait une priorité absolue à la vie privée, aux soucis de ses proches et aux loisirs, avant de traiter les problèmes du pays.

Nicolas épousa Alexandra une semaine après la mort de son père, Alexandre III, dont le corps fut transporté à Saint-Pétersbourg. Dès le début, sa fiancée lui répétait : « Ne laisse pas les autres oublier que tu es tsar ! » Lui qui avait tant rêvé de devenir marin...

Le nouvel empereur fut couronné à Moscou le 14 mai 1894. La cérémonie du couronnement fut sa première épreuve de jeune tsar. 400 000 à 500 000 personnes vinrent au rendez-vous, à la Khodynka, un grand terrain vague qui servait de lieu d'entraînement à la garnison de Moscou. Mais par une négligence des pouvoirs publics, on oublia de recouvrir des fossés qui furent laissés béants. Lorsque le peuple assemblé s'élança pour recevoir les présents du couronnement, la bousculade fut telle que des gens tombèrent dans les fossés. Selon les chiffres officiels, 1 389 personnes moururent écrasées et 1 300 furent blessées !

Cette scandaleuse erreur pouvait être attribuée sans conteste au gouverneur, le grand-duc Serge, oncle et beau-frère de Nicolas. Pour autant, il ne reçut aucune sanction. Pendant les deux décennies de son règne, le souverain ne pourra effacer cette douloureuse entrée en scène.

*

Le tsar Nicolas II fuyait Saint-Pétersbourg, dont l'agitation et les exigences l'indisposaient. D'un tempérament doux, indécis et volontiers solitaire, il préférait vivre modestement aux environs de la capitale avec sa famille. Le dimanche était un jour de repos total, sauf pour aller bénir les régiments en cours de transfert vers l'Orient.

À l'image de son mari, l'impératrice Alexandra Fiodorovna, plutôt réservée, ne connaissait de vrai bonheur qu'à l'écart du monde. Après avoir mis au monde quatre filles, la tsarine donna à la Russie, le 14 août 1904, le prince héritier Alexis.

Mais la joie sera brève. En septembre, on découvre que le tsarévitch est hémophile. Il doit cette maladie à son arrière-grand-mère, la reine Victoria du Royaume-Uni. Longtemps, le couple impérial fera mystère de ce grand malheur.

La jeunesse de Lénine

Ce tsar velléitaire apparaît à l'opposé d'un autre personnage qui marquera l'histoire russe : Lénine, leader de la révolution 1917.

Vladimir Oulianov, mieux connu encore sous le pseudonyme de Lénine, est né le 22 avril 1870 à Simbirsk, modeste capitale provinciale. La ville, bordée par la Volga, monte jusqu'aux sommets des collines.

Cette petite bourgade suintait l'atmosphère des pièces de Tchékhov. Aux bruits citadins de Simbirsk, guitares et accordéons ajoutaient leurs harmonies. Depuis les jardins riches en végétation, chèvres et moutons venaient se joindre à eux. Dans les rues provinciales, de vieilles maisons à colonnes s'alignaient. On y trouvait le palais du gouverneur puis une modeste bibliothèque portant le nom d'un célèbre historien russe ; de magnifiques arbres offraient leur ombrage aux promeneurs. Sans pavage, les rues se creusaient d'ornières tout au long des habitations de bois et se couvraient, suivant la saison, d'une boue collante au printemps ou de monticules de poussière durant l'été.

La famille Oulianov tirait ses origines de la région de Kazan. Ses ancêtres appartenaient à une certaine classe moyenne de gens modestes. Le père de Lénine avait du sang tchouvache, mince descendance d'une population finno-mongole de la Volga, diluée dans la vaste population russe. Mais M. Oulianov, doué d'une fine intuition, intelligent et persévérant, sut élever son rang social par ses propres forces. Élève attentif de l'université, il suivit des études sérieuses pour devenir inspecteur puis fut nommé par la suite directeur des écoles rurales de la province.

Le 22 avril 1870, la joie régnait chez les Oulianov : l'épouse de l'inspecteur venait de donner naissance à un « bel enfant rose et bouclé ». On le prénomma Vladimir en l'honneur du fondateur de la sainte orthodoxie russe et on le fêta en compagnie des notables de la petite ville qui avaient adopté cette famille récemment installée parmi eux.

Sa sœur aînée mentionna dans ses *Mémoires* la tête pesante de son petit frère, probablement plus lourde que son corps ! Était-ce la raison de son retard pour apprendre à marcher ? Très agité, vif comme un écureuil, il avait une taille moyenne, des mains extrêmement habiles, des petits yeux au regard perçant.

Lorsque Vladimir eut 6 ans, le père de Lénine obtint le grade convoité, celui de conseiller d'État, et la possibilité de déménager. Il fit donc l'acquisition d'une fort belle maison dans laquelle la famille Oulianov s'installa.

Cet intérieur particulièrement soigné s'apparentait à l'appartement de n'importe quel juge ou médecin européen de Strasbourg ou de Leipzig. D'abord le salon, quelque peu sévère, mais décoré de tableaux, envahi de fauteuils et de tables, sur l'une desquelles trônait une énorme plante verte.

La bibliothèque familiale regorgeait de livres russes et étrangers : Pouchkine, Gogol voisinaient avec Dickens, Daniel Defoe, Jules Verne et Sir Walter Scott. Le petit Vladimir se passionnait particulièrement pour *Ivanhoé* de Walter Scott, il n'était pas rare de le voir reprendre le livre et l'emporter dans sa chambre. Il admirait aussi sans réserve les romans de Tolstoï !

L'enfant apprenait avec une impressionnante facilité et retenait avec une incroyable rapidité les textes les plus compliqués. Son père, toujours soucieux de bonne éducation pour la vie entière, s'inquiétait de ces prodiges, craignant que cette aisance l'incite à un dangereux laisser-aller qui lui ferait oublier la nécessité de travailler.

Alexandre, l'aîné des six enfants, semblait, lui, habité de pensées qu'il conservait en son cœur, dans une solitude choisie. Il vivait son évolution en secret, ne partageant rien avec ce petit frère qui l'agaçait. Que pensait-il vraiment de Vladimir, cet enfant fougueux et insaisissable, dont le regard oblique qui allait l'accompagner toute sa vie durant semblait essayer de percer ses secrets ? Une seule fois, il laissa échapper : « Vladimir et moi, nous n'avons pas d'affinités ».

Sa réserve innée masquait un domaine intérieur où jamais personne, ni ses parents, ni ses professeurs, ni même plus tard ses complices ou ses juges ne pourraient accéder. Quand un jour son professeur lui fit citer les deux vices les plus graves, Alexandre répliqua du haut de ses quinze ans : « Le mensonge et la lâcheté ». Ainsi muni à l'orée de l'âge adulte, on pouvait facilement imaginer une vie d'action jusqu'au sacrifice.

Les historiens s'interrogent encore : comment un adolescent aussi réservé est-il devenu un jour révolté au point de commettre l'irréparable ? De fait, les mouvements d'opinion avancés faisaient leur chemin jusque dans les plus paisibles bourgades de la Russie profonde et Alexandre n'était pas resté indifférent à leurs discours.

Lorsque le tsar Alexandre II avait succédé en 1854 à Nicolas Ier, l'autocrate intouchable, un courant d'espérance avait envahi les esprits. Le nouveau tsar notait avec lucidité que la Russie accusait un retard considérable sur les autres nations « en gardant ses mœurs démodées, débordées par l'inexorable marche du temps ».

En 1861, le tsar obtint de son pouvoir et de son entourage la libération des serfs. Dans le même temps, la censure qui muselait la presse fut abolie. Un esprit nouveau se mit à souffler, d'abord avec timidité puis de manière incontrôlable et irréversible.

Dans ce contexte, les libéraux furent vite débordés par une nouvelle race d'hommes. Des jeunes gens, conduits par des « initiés » à l'art révolutionnaire, annonçaient partout que seuls « les fleuves de sang » purifieraient la terre russe de la pourriture amassée par la cruauté des tyrans du passé. En cette année 1881, un long hiver obligeait les habitants à s'emmitoufler de peaux et de lainages. Les soirées voyaient les familles se lamenter au coin du feu où ronflaient le poêle et le samovar.

La première semaine de mars apporta à Simbirsk la nouvelle de la mort d'Alexandre II. Dans ces milieux, on ne parlait plus que des auteurs du régicide comme de nouveaux martyrs. En effet, les jeunes gens révolutionnaires bénéficiaient d'une admiration de la part de ces populations qui vivaient à l'écart des réalités du pouvoir.

Il s'agissait d' "étudiants", avec toute la considération presque magique conférée par ce titre. Il annonçait le savoir, la certitude qu'il s'agissait de personnes instruites, dotées d'une intelligence les rendant aptes à prendre part aux problèmes humains. Dans ces régions surgissaient également des exilés politiques, de ces « révolutionnaires professionnels » punis pour leurs démarches subversives en faveur de la liberté.

M. le conseiller Oulianov ne cachait pas ses idées libérales, ni sa réprobation envers les abus des gouverneurs locaux rongés par la corruption. Cependant, la violence lui paraissait dangereuse et incompatible avec ses principes chrétiens. L'annonce de l'assassinat d'Alexandre II fut pour lui un choc et il alla prier à l'église pour implorer le repos de l'âme du souverain et l'indulgence du Seigneur envers ces jeunes fous, poseurs des bombes !

Ainsi jusque dans les moindres villages, se développait l'idée qu'une amélioration de la vie viendrait avec la suppression du gouvernement : « le petit père le tsar » était finalement un tyran et ses jeunes assassins, des victimes de la lutte pour le bien public. Une auréole de vénération revêtait ces « nihilistes » devenus « le fer de lance de la démocratie de tout un peuple opprimé ».

Sans doute est-ce à ce moment-là que la vie intime d'Alexandre Oulianov s'est trouvée ébranlée. Ses recherches scientifiques, ses expériences de chimie l'éloignaient toujours davantage des conversations avec ses parents et sa fratrie. Cependant, ses lectures témoignaient déjà de ses interrogations. Depuis l'attentat réussi contre le tsar, Alexandre s'intéressait tout particulièrement aux ressorts de l'émancipation paysanne. Déçu par un premier amour de jeunesse, l'adolescent s'était complètement détaché de l'atmosphère familiale bourgeoise pour s'enfermer dans la rébellion contre l'ordre établi.

À l'époque, les caractères des deux frères Oulianov accusaient des différences fondamentales. Marqué par son désir d'absolu, Alexandre était profondément différent de son jeune frère Vladimir, plus enclin à l'ironie et à la domination.

Lorsque Léon Trotski commentera plus tard la vie de Lénine et des siens, il analysera le caractère de son frère Alexandre avec acuité : « Dans une lutte sociale implacable, une telle mentalité vous laisse sans défense. Les austères moralistes, menteurs par vocation, ont beau raisonner : le mensonge est le reflet de contradictions sociales, mais aussi un moyen de lutter contre elles. On ne peut pas, par un effort moral individuel, échapper au contexte du mensonge social. Comme type d'homme, Alexandre ressemblait plus à un chevalier qu'à un politicien. Et cela créait une séparation psychique entre lui et son frère cadet, considérablement plus fort, considérablement plus opportuniste dans les questions d'éthique individuelle, mieux armé pour la lutte. »

Le groupe terroriste *La Volonté du Peuple,* auteur de l'assassinat du tsar Alexandre II, avait séduit Alexandre qui avait rejoint ses membres actifs à Saint-Pétersbourg. Fasciné par leur action, l'aîné des Oulianov allait participer à un attentat manqué contre Alexandre III. Son frère l'avait-il su ?

Le 26 et le 28 février 1887, la police tentait d'interpeller un terroriste qu'elle déjà avait repéré. Les jeunes gens, novices dans l'art de la sédition, allaient et venaient sans précaution dans le quartier du palais d'Hiver à Saint-Pétersbourg. Ils ignoraient qu'en réalité, le monarque vivait dans son vaste domaine de Gatchina, à cinquante kilomètres de là.

Le 1er mars, le tsar arriva dans la capitale par le train. Sur son passage vers le palais d'Hiver, les terroristes guettaient et se placèrent à l'angle de la Perspective Nevski où s'annonçait l'équipage impérial. Vigilante, la police était à l'affût.

Un jeune homme s'avança, un exemplaire du *Dictionnaire médical* à la main. Évidé pour la circonstance, l'ouvrage ne portait plus le détail des maladies mais une importante charge de dynamite. Les policiers se jetèrent sur le terroriste. Le livre lui fut arraché des mains et ses complices, immédiatement désarmés. Le jeune homme arrêté avait conservé dans ses vêtements une autre bombe. À proximité du commissariat, il la lança pour détruire l'immeuble et ses occupants. Mais la bombe n'explosa pas et fut ramassée sans avoir fait le moindre dégât. Dans les poches du jeune lanceur de bombes, on découvrit aussi un manifeste déclarant que l'assassinat d'Alexandre III provoquerait l'effondrement de l'empire. L'appartement de l'un de ses compagnons regorgeait de tracts que l'on ramassa par kilos. À l'approche de l'interrogatoire qui s'annonçait féroce, il n'eut pas la force de se taire et livra les noms de ses complices.

Alexandre Oulianov fut aussitôt appréhendé avec une douzaine de participants présumés : neuf étudiants, un pharmacien, un séminariste, deux sages-femmes. Le lendemain, la police interpella d'autres suspects et incarcéra quarante-neuf personnes, pour la plupart issues de la petite bourgeoisie.

De son côté, Alexandre voulait assumer seul la responsabilité du crime avorté. Le hasard et la maladresse des apprentis terroristes avaient fait échouer le projet mais il n'avait pas à rougir de ce complot. Dès lors, il attendit la suite des événements avec sérénité. Durant les longs interrogatoires, il s'illustra par son calme intérieur et sa force de conviction : « Il n'est pas de plus belle mort que de mourir pour son pays, il n'y a pas d'horreur dans une telle mort pour les hommes sincères et honnêtes. Je n'ai eu qu'un but : aider l'infortuné peuple russe. »

Le procureur lui-même se dit touché par la noblesse des paroles du jeune insurgé. Dans son rapport au tsar, il notait : « J'accorde pleine confiance aux déclarations de l'accusé Alexandre Oulianov dont les aveux ne pèchent, s'ils doivent être pris en défaut, que parce qu'il prend sur lui des crimes qu'il n'a point commis en réalité. » Alexandre III lut soigneusement le procès-verbal de toute l'affaire. Il annota en marge le paragraphe concernant les paroles de l'accusé : « Cette franchise est même touchante... »

Alexandre Oulianov fut condamné à mort le 11 mai et pendu, en compagnie de six camarades. Il avait 21 ans. Le choc fut terrible pour sa famille, surtout pour son jeune frère Vladimir.

Âgé de dix-sept ans, Lénine jura la vengeance de « la famille Oulianov contre la dynastie Romanov ». Le temps n'était plus à l'action révolutionnaire "romantique" des anarchistes. Le "petit frère" se radicalisa à son tour et s'impliqua dans les mouvements étudiants, s'initiant aux méthodes de la propagande révolutionnaire. Il devint alors membre du parti social-démocrate russe et lança en 1903 la scission en deux fractions : le parti bolchévique prônant le changement révolutionnaire (la traduction du russe «majoritaire») et le parti menchévique de tendance social-démocrate (la traduction russe du mot «minoritaire»).

En dépit de son nom, dérivé de l'adjectif russe *bol'she*, qui signifie « plus » ou « plus grand », le parti des bolchéviks était avant 1917 le plus petit des trois principaux partis radicaux. Il avait généralement moins d'adeptes que les menchéviques, leurs rivaux sociaux-démocrates, et beaucoup moins que les socialistes-révolutionnaires.

Sous la houlette de Vladimir Oulianov, les organisations révolutionnaires allaient concevoir l'extrême gauche la plus radicale. Dépourvu de tout scrupule, leader reconnu malgré sa jeunesse, il s'appuya sur les éléments les plus disparates pour assurer son succès. Sa propagande révolutionnaire l'assigna à résidence en Sibérie, sur les bords de la Lena. C'est de là qu'il tira son surnom : Lénine.

Toute la jeunesse révolutionnaire voulait partager une « noble cause » avec l'ensemble de la société. La femme idéalisée personnifiait cet état d'esprit. Le milieu de la gauche radicale raffolait des « idéaux féminins » promus par la littérature, en particulier chez l'écrivain russe Ivan Tourgueniev. Ami de Flaubert et parrain littéraire de Maupassant, Tourgueniev avait également marqué cette époque par son comportement amoureux auprès de la célèbre diva française Pauline Viardot et de son époux. Lénine, lui, argumentait ainsi : « Quand on est révolutionnaire, on doit renoncer à tout ; à l'amour, à la famille, et on ne doit vivre que pour son idéal » tandis que sa future épouse, déclarait : « Nous ferons un mariage libre à la Tchernychevski ».

Ce dernier, auteur préféré des marxistes, avait en effet inventé le modèle de l'amour libre dans le mariage. Toute jalousie devait en être bannie. Selon Tchernychevski, la femme occupait une place inférieure dans la société et pour remédier à cette situation, il proposait de la mettre au-dessus de l'homme au sein de la famille afin de parvenir à un équilibre.

Il avait noté dans son journal les règles à suivre :

1. Soumission à la femme dans la vie privée.
2. Liberté absolue des sentiments et de la conduite de la femme.
3. Fidélité et dévouement à la femme.

Les fiancées des jeunes révolutionnaires étaient souvent « désignées » par le Parti. Collaborant à leur travail quotidien, elles n'en devenaient pas moins leurs épouses ou leurs amantes. Ce fut le cas de la future épouse de Lénine Nadejda Kroupskaïa.

D'abord membre du Parti, elle voulut le suivre dans son exil. Âgée de vingt-huit ans, la fiancée de Lénine n'avait pas connu d'homme et attendait avec impatience de retrouver son futur époux. Emmitouflée dans une couverture de loup, elle arriva au village alors que Lénine était à la chasse. Ces retrouvailles manquées ne gâchèrent cependant pas leurs relations. Pour le plus grand plaisir de sa belle-mère, Lénine accepta de se marier religieusement au début de l'année 1898.

La jeune femme exerça aussitôt son charme tant sur les paysans locaux que sur les révolutionnaires exilés. L'assignation à résidence n'avait rien du bagne. Lénine et sa famille recevaient des livres, du courrier, des journaux, et vivaient de manière rustique, mais somme toute acceptable, sous l'œil des autorités locales.

Nadejda n'était pas belle et cela ne la troublait guère. En bonne révolutionnaire, elle n'apportait aucun soin à sa toilette. Atteinte assez jeune de la maladie de Basedow, elle avait un goitre qui lui donnait une gorge imposante. Ses cheveux sans reflets étaient tirés en arrière et noués en un petit chignon. Ses seins débordaient de ses corsages toujours trop étroits.

Mais cette femme avait d'autres qualités. Consciencieuse, modèle d'abnégation, elle ne laissait aucune place pour la vie personnelle. Jusqu'après la mort du dictateur, elle vécut un attachement total à la cause du parti, une vénération sans faille pour son époux.

Libéré en 1900, Lénine s'empressa de rejoindre les leaders de la social-démocratie russe exilés en Suisse.

Durant dix-sept ans, il vécut émigré de sa chère terre russe : d'abord à Londres, puis à Paris, en Galicie, en Pologne et enfin de nouveau en Suisse.

Ces voyages avaient forgé son caractère. Le magnétisme qu'il dégageait ne pouvait s'expliquer ni par son physique médiocre ni par son attitude toute en retenue. Cependant, sûr de lui, il exigeait que son entourage le suive sans protester. Ce volontarisme exceptionnel subjuguait sa femme : elle était persuadée que les raisonnements de son mari menaient inéluctablement à la vérité.

L'émigration politique russe s'était alors retrouvée à Paris. Dirigeant dès 1903 les bolcheviks, fraction radicale de la social-démocratie russe, Lénine exigea d'eux la mise en place d'un état-major professionnel acceptant une discipline de fer. Peu réceptif à la critique, il exigeait de tout son entourage une totale abnégation et l'acceptation inconditionnelle du martyre. Il ne manquait pas d'affirmer sa passion pour la Révolution française mais la source de son ardeur révolutionnaire restait largement russe.

Encore juvénile en Sibérie, le visage de sa femme s'était épaissi. Ses cheveux tirés en chignon soulignaient son large front. Sous ses sourcils arqués, son regard était devenu grave. Lénine aussi avait changé. Ses traits s'étaient durcis, les rides l'avaient marqué et on l'appelait déjà « le vieux ».

Bibliothèques, conférences, discussions interminables animaient sa vie quotidienne à Paris. Il partageait quelques verres de bière avec les camarades des partis sociaux-démocrates français et russes… et les francs-maçons. Lénine avait également une passion pour la bicyclette qui l'entraînait quotidiennement à travers les rues de la capitale française.

Soljenitsyne a beaucoup étudié le personnage de Lénine. Il a remarqué l'instabilité du chef bolchévique, souvent tenace et lucide. Il a aussi souligné sa « connaissance médiocre sinon nulle des hommes ». L'autre futur dictateur rouge, Staline, se montrera en tout point différent. « Que connaissait-il de la vie, ce théoricien, ce livresque ? Il ne savait pas ce qu'était le bas de l'échelle sociale, il ignorait les humiliations, la misère, la vraie faim. Un noble, quoique de très petite volée. Il ne s'était jamais évadé de ses lieux d'exil. Quel enfant sage ! Ni n'avait mis les pieds dans une vraie prison. Il ignorait tout de la Russie réelle, ayant passé dix-sept ans en émigration ».

Gorki, un autre écrivain russe, pourtant ami de Lénine, a des propos semblables dans ses *Pensées intempestives* : « La vie dans sa complexité est étrangère à cet homme ; il ne connaît pas les couches populaires, il n'a jamais vécu avec le peuple ».

La légende prétend que Lénine se voyait volontairement comme un instrument au service de la Révolution. Renonça-t-il à toute vie personnelle, aux joies simples et aux plaisirs ? Peut-être en a-t-il rêvé mais ce ne fut pas si simple. Cependant, son union avec sa femme, militante, active et dévouée, s'apparentait à une association de combat plutôt qu'à une histoire d'amour romantique.

De Paris, Lénine garda l'impression d'une ville immense. Il y fréquentait à vélo les faubourgs, autant par goût que par nécessité. Si différents des Russes, les Parisiens lui paraissaient gais et légers. Le leader bolchévique y rencontra d'abord Paul Lafargue, le gendre de Marx, puis Jules Guesde, qui menait le Parti ouvrier français.

Ses ressources venaient d'envois d'argent en provenance de Russie, des sommes parfois très importantes. Paradoxalement, elles étaient expédiées par ceux que Lénine vouait à la malédiction, à la mort. De richissimes industriels, montrés du doigt parce qu'ils exploitaient et oppressaient les prolétaires, envoyaient leurs dons à ces révolutionnaires, sans avoir une réelle idée de ce qu'ils en faisaient. En eux vibraient des sentiments à la fois religieux et patriotiques. Ils voulaient sauver la « Sainte Russie », leurs compatriotes et sans doute aussi un monde dont ils sentaient qu'il disparaissait sous leurs yeux.

Gorki connaissait bien ces généreux donateurs. Sarcastique, il les appelait les « corbeaux blancs ». Comme eux, de sa villa sise à Capri, il donnait lui aussi. Mais lui, le romancier russe le plus en vogue de son époque, le plus lu, le plus vendu dans toutes les librairies, expédiait ses dons en étant pleinement conscient qu'il armait et soulevait les révolutionnaires en vue d'un « grand soir ».

On accueillit à Capri douze jeunes Russes. Hébergés et nourris, ils étaient invités à entendre les discours du nouveau « grand prêtre ». Dirigé par Lounatcharski, Bogdanov et Gorki lui-même, ce groupe réunissait ceux qui, lassés des élans dictatoriaux de Lénine, l'avaient quitté pour constituer le parti "En avant" destiné à défendre la pure doctrine bolchévique contre l'« hérésie léninienne ». Ils imaginaient une sorte de religion sans Dieu, l'Humanité méritant seule d'être élevée au pinacle. Lounatcharski écrivait : « Dieu, c'est tout ce qu'il y a d'humain à la suprême patience. Adorons les énergies de l'humanité. À l'homme qui cherche Dieu, il faut répondre : Dieu, c'est l'humanité de demain : construis-le avec l'humanité d'aujourd'hui, en t'unissant à ses éléments d'avant-garde. »

Ces "constructeurs de Dieu" exaspéraient profondément Lénine. Depuis son enfance bercée par l'Église orthodoxe et ses popes, le seul mot de "Dieu" le mettait en proie à une véritable agitation. L'idée même de Dieu était la pire ennemie de son projet qui visait la délivrance de l'homme. Comme toujours avec Lénine, il fallait que chacun se rallie à son avis. Aussi s'employa-t-il à discréditer ce nouveau parti. Pour s'opposer clairement à ce mouvement bien inoffensif, il écrivit un curieux ouvrage : *Matérialisme et empiriocriticisme*. Lénine y reprenait la déclaration de Marx : « La religion est l'opium du peuple », déclinée en un langage que le lecteur russe pouvait plus immédiatement comprendre : « La religion, c'est de la vodka de basse qualité, la *sivoukha* dont le peuple se grise pour oublier ses souffrances ».

Si Capri lui donnait quelques soucis, Paris ne manquait pas non plus de lui apporter son lot de scandales. Un soir, les bolchéviques s'étaient donné rendez-vous dans leur café habituel, au 11 de l'avenue d'Orléans. Soudain, les plus influents des membres d'"En avant" firent leur apparition. Des cris et des insultes remplirent les lieux et entrainèrent la réaction outrée des autres clients. Les "En avant" insultaient les bolchéviques : « Têtes dures, démagogues, canailles, empêcheurs de lutte ». Lénine se tenait à l'écart du tapage. Sa femme, qui l'accompagnait, tentait sans succès de faire revenir le calme. Les sarcasmes redoublèrent, Lénine fut pris à partie et injurié. La réunion se termina dans les cris et les empoignades.

Croyant rejoindre le « chef » qui venait de s'éclipser dans le café d'en face, ses amis eurent la surprise de ne pas l'y trouver. Ce fut seulement après deux heures du matin qu'ils croisèrent Lénine avenue d'Orléans. Il marchait sous la pluie à grandes enjambées, visiblement affecté par l'incident, parlant tout seul, sans chapeau sur son crâne malgré l'averse. Il ne décolérait pas et ne cessait de répéter : « C'est une infamie. Être capable d'un pareil scandale ! C'est le comble de tout. » Ses compagnons, rassurés de l'avoir retrouvé, le laissèrent en bas de chez lui. On apprit le lendemain qu'il avait poursuivi son errance durant des heures dans le quartier.

Lénine en était certain : lui seul ne se trompait pas. Pourtant, les discussions sans cesse renouvelées avec les révolutionnaires émigrés, malgré la certitude qu'avait Lénine d'être le maître, finirent par fissurer cette apparente assurance que chacun, dans son entourage, chez ses amis comme ses ennemis, lui enviait. Cette tête supérieurement ordonnée semblait se désagréger lentement mais de manière inexorable.

Sa mémoire, d'une grande précision et d'une fidélité irréprochable, montra soudain des signes de faiblesse.

Un jour, il interrogea sa femme :

- Y a-t-il eu une réponse à ma lettre de New York ?

- De New York ? Une réponse à quelle lettre ? s'étonna sa femme.

- Mais à la dernière !

- Voyons, Vladimir, tu l'as envoyée aujourd'hui.

Le leader bolchévique se passa la main sur son front et partit d'un franc éclat de rire. Il réalisa qu'il avait effectivement mis cette lettre à la poste de l'avenue d'Orléans trois heures auparavant. Sa sensibilité aussi s'était exacerbée. Lui que l'on disait aussi impénétrable que la pierre se laissait aller à quelques rares crises de sensiblerie.

Pendant ce temps, le premier ministre Stolypine montrait aux Russes ses capacités à faire évoluer la situation des paysans. Les réformes agraires qu'il présenta étaient d'une telle envergure que les agriculteurs les plus méfiants lui firent crédit et se mirent à espérer.

Les divisions socialistes, elles, se renforçaient. Les menchéviks voulaient contourner une révolution radicale pour se tenir dans la "légalité". Plekhanov, initiateur de cette branche raisonnable du socialisme, était partisan d'une véritable démocratie pour la Russie à venir. Le bolchévisme léniniste était prêt, lui, à instaurer par la terreur un communisme qui ne saurait tolérer la moindre opposition.

Lénine n'avait qu'une seule idée et ne voulait aucun obstacle extérieur ou intérieur qui empêchât sa réalisation. Fanatiquement attaché à la réussite de son projet, il n'envisageait rien qui puisse le faire dévier de la route qu'il s'était tracée. Volontairement, il refusait de voir tout ce qui était en dehors du but poursuivi et qui aurait pu le gêner pour atteindre son objectif essentiel : la révolution.

La stratégie policière

CAu début du XXe siècle, les révolutionnaires russes semaient leurs idées : les manifestations d'étudiants se multipliaient, les révoltes paysannes secouaient les campagnes, le mouvement ouvrier se développait dans les villes. Ces différentes vagues offraient un terrain favorable à l'action des deux principaux partis d'opposition : les socialistes-révolutionnaires et les sociaux-démocrates.

Pour remédier à cette situation, les penseurs du régime mirent au point une stratégie contre-révolutionnaire. Cette organisation à long terme allait faire de la manipulation une arme politique d'une grande force. Segueï Zoubatov fut à l'origine de ce projet. Chef emblématique de la police, il répétait sans cesse aux jeunes officiers de gendarmerie : « Messieurs, vous devez considérer l'informateur politique comme une maîtresse que vous voyez en secret. Un faux pas, une imprudence, et vous la déshonorez. »

Intéressé dans sa jeunesse par les théories radicales, s'appuyant sur cette expérience, Zoubatov proposa de contrer le mouvement révolutionnaire par des moyens policiers et des actions politiques. Sa grande idée était de rallier les ouvriers à l'autocratie pour éviter la révolution. Pour cela, il fallait infiltrer les syndicats et les structures naissantes qui voulaient défendre « les intérêts économiques des travailleurs contre les capitalistes ». La police se lançait ainsi dans un pari audacieux mais risqué qui consistait à court-circuiter le conservatisme de la noblesse et, dans le même temps, le mouvement révolutionnaire radical animé par la lutte des classes.

Homme d'action par excellence, Zoubatov avait une véritable influence sur la société russe. Une partie de la social-démocratie, notamment son leader historique Guéogui Plekhanov, fut conquise par ce policier original mû par le désir d'une transformation sociale que chacun espérait.

Cependant, l'activisme du policier stratège finit par déranger l'entourage du tsar Nicolas II. Le grand-duc Serge, gouverneur de Moscou, demanda même le limogeage de ce fonctionnaire original, trop actif. Il reçut la réponse suivante : « Ce ne sera pas le grand-duc Serge qui fera la police à Moscou, mais les policiers expérimentés et capables. Ou bien alors, c'est que la Russie et son Empereur ne voudront pas être protégés. » Ainsi renforcée par le soutien déclaré de l'empereur, la police décida d'élargir son champ d'action.

Afin d'éviter que des foules manifestent à nouveau leur désaccord avec le gouvernement, elle engagea des informateurs sans lésiner sur les moyens. L'objectif de la police tsariste, l'Okhrana, était désormais d'infiltrer l'opposition radicale : les bolchéviks et les socialistes révolutionnaires. Un plan machiavélique avait été fomenté dans l'esprit aiguisé de Zoubatov : placer ses agents à la tête des deux partis !

La stratégie élaborée reposait d'abord sur un vaste réseau de collaborateurs secrets bien rémunérés. Ces provocateurs recrutés agissaient dans les mouvements d'opposition. Ils étaient sous la responsabilité d'officiers « traitants » qui se montreraient souvent indulgents face à « quelques dérives malheureuses », même si celles-ci causaient des victimes… inévitables dégâts collatéraux. Le Ministère de l'Intérieur fermait les yeux sur leurs crimes, notamment lorsqu'ils réalisaient des actions terroristes. L'essentiel était qu'ils poursuivent leur travail de surveillance et de report. *L'Organisation de combat* du parti socialiste révolutionnaire, dirigée par l'agent de la police Azev, prépara à elle seule plus de 80 attentats entre 1893 et 1908 !

Des instructions précises recommandaient d'embaucher en toute occasion des militants de confiance « connus et estimés de leurs camarades mais d'un caractère faible, déçus par leur parti ou miséreux ou encore, désignés pour la déportation ». Ceux qui acceptaient de fournir des renseignements poursuivaient leur vie ordinaire. On ne les priait de renoncer ni à leurs convictions, ni à leur façon de vivre.

Au début de printemps 1893, un an avant le couronnement de Nicolas II, la police tsariste recruta celui qui allait devenir le plus éminent de ces provocateurs. À cette saison, Saint-Pétersbourg dégageait un charme particulier. Un mélange de soleil déjà chaud et de fraîcheur maritime encore hivernale avait revigoré les âmes et rendu les esprits légers. Au-dessus de la mer Baltique, quelques nuages sans menace invitaient à la rêverie.

La perspective Nevski accueillait les passantes, belles et élégantes. L'avenue principale de la capitale de l'Empire bruissait de leur grâce et de leurs bavardages. Mais juste à côté, les fonctionnaires du ministère de l'Intérieur demeuraient indifférents à leur ballet, se concentrant sur le mystère qui venait d'être déposé entre leurs mains. En effet, une missive énigmatique laissant présager un alléchant gibier venait de leur parvenir. Un mystérieux expéditeur assurait posséder toutes les entrées dans les réseaux révolutionnaires clandestins du pays et proposait de devenir correspondant honorable des services secrets du tsar.

La lettre provenait d'Allemagne, de Karlsruhe, une ville universitaire connue pour être un centre d'agitation antimonarchique. La section d'identité du ministère fut alors immédiatement chargée de découvrir le personnage qui se cachait derrière un pseudonyme. La lettre contenant des indications précises sur ses origines, la tâche ne fut pas difficile.

Trois personnes correspondaient au portrait esquissé. En comparant leurs écritures, on découvrit le nom recherché. Cet homme, Eugène Azev, allait devenir l'un des plus grands agents doubles du XXe siècle. Né en 1869, il terminait alors à l'étranger ses études d'ingénieur.

La police secrète du tsar avait établi une fiche de description : « Signalement : taille petite ; corpulence un peu au-dessus de la moyenne, nez busqué, grands yeux, couleur marron ; menton rond et ras, chevelure châtain foncé. Renseignements : fils d'un tailleur, a terminé ses études secondaires, fréquente les milieux extrémistes où il se fait remarquer par la violence de son langage. Aurait dû être arrêté en février 1892, lors de la liquidation du Cercle révolutionnaire fondé par les étudiants de Rostov, mais réussit à passer à l'étranger. Se rendit à Genève où il fit la connaissance des fondateurs – Docteur Jitlovski et sa femme – de l'*Union des Socialistes-révolutionnaires russes à l'étranger*, adhéra à leur groupement et vint s'inscrire à l'Université de Karlsruhe, section électrotechnique. Continue à militer et à se tenir en contact avec l'*Union des Socialistes-révolutionnaires russes à l'étranger* ».

Cet homme n'était pas un vulgaire mouchard et le ministère de l'Intérieur comprit tout de suite l'importance de cette offre. Aussitôt, de hauts fonctionnaires partirent pour l'Allemagne afin de négocier avec lui. Les termes du contrat assuraient à Azev le titre d'« informateur personnel du directeur de la police » et un confortable traitement mensuel de 50 roubles augmenté d'une prime pour chaque information de valeur. Azev ne tardera pas à obtenir le double voire le triple de ce prix. En échange, Azev s'engageait à collecter des renseignements sur les activités des socialistes révolutionnaires, les imprimeries clandestines et les préparations d'attentats, à l'étranger comme en Russie.

Les policiers ne s'interrogèrent pas davantage sur les raisons qui pouvaient pousser un tel homme à leur offrir ses services. Les explications simples qu'il avait préparées leur suffirent : il devait financer ses études, subvenir à ses besoins et craignait surtout de ne pas être à la hauteur des attentes de sa famille en n'obtenant pas son diplôme. Les référents d'Azev ne soupçonnaient pas la complexité de ce personnage qui avait, disait-il, « le besoin de dépasser les bornes, le besoin de sentir son cœur défaillir au bord du précipice et de s'y pencher jusqu'à demi-corps, de jeter d'un coup d'œil au fond ». Originaire d'un milieu modeste, il était prêt à tout pour obtenir une revanche sociale. Ses ambitions ne connaissaient aucune limite : il prétendait être capable d'« influencer le cours général de l'histoire européenne ». Son objectif était d'entrer dans les coulisses du pouvoir suprême afin de torpiller la révolution russe.

Cette nouvelle recrue de la police tsariste se sentait de taille à tromper le monde entier. Azev, soutenu par le Ministère de l'Intérieur, allait devenir le chef du réseau terroriste le plus redoutable de tout l'Empire, l'*Organisation de combat du parti socialiste révolutionnaire* - SR.

Ce mouvement est semblable à l'anarchisme européen, moyennant quelques particularités. Aux yeux des responsables, l'usage des méthodes terroristes avait pour but de réveiller la conscience paysanne. Profondément sensible aux problèmes russes, le SR se défiait de l'industrialisation qui, à ses yeux, avait engendré le capitalisme et l'exploitation de l'homme.

Devenu l'un des leaders de ce mouvement, Azev était dépourvu de tout scrupule. Il entrait désormais dans le monde instable de la manipulation politique. Il souhaitait d'abord que son organisation soit perçue comme la tête du mouvement révolutionnaire et il n'hésitait pas à mêler ses camarades à des actions toujours plus violentes, en visant les plus hautes fonctions de l'état. Connu pour sa froideur, cet agent d'exception sélectionnait lui-même ceux qu'il enverrait accomplir les actions terroristes : « Je choisis les meilleurs – disait-il – les mystiques ont leur force, mais ce ne sont pas des organisateurs. Je respecte ceux qui recherchent le martyre, mais ils ne durent pas longtemps ».

Et Azev dura longtemps. Du printemps 1893 à l'automne 1908, pendant plus de quinze ans, ce provocateur prit part aux attentats contre les plus grands dignitaires de l'Empire : gouverneurs, grands-ducs, ministres. Sous sa houlette, *l'Organisation de combat* exécuta Sipiaguine en 1902 et Plehve en 1904, deux ministres de l'Intérieur réactionnaires. Au début de l'année 1905, ils atteignirent le grand-duc Serge, commandant la région militaire de Moscou, cousin issu de germain et beau-frère de Nicolas II… celui-là même qui s'était élevé contre le trop actif Zoubatov. Dans le même temps, Azev avertissait les autorités que des attentats se préparaient contre le tsar.

Les informations qu'il fournissait à la police permettaient de fragiliser le parti socialiste-révolutionnaire, le plus puissant parti d'opposition. Suite à ses dénonciations, des centaines de militants furent envoyées au bagne. En poursuivant méthodiquement ses campagnes d'attentats, le provocateur détruisait peu à peu l'autocratie russe, dont la brutalité « le dégoûtait », disait-il.

Ce double jeu eut des conséquences inattendues. Les efforts de la police joints aux activités des partis révolutionnaires aboutirent au même résultat : ils firent disparaître progressivement les éléments les plus modérés du régime. Azev en avait pleinement conscience.

Notre agent double était-il le parfait exemple auquel se référait Freud ? Lorsqu'il avait analysé le plus célèbre de ses patients, Pankéév, un autre Russe surnommé "l'homme aux loups", le fondateur de la psychanalyse avait montré toute l'ambiguïté passionnelle de son caractère. Il affirmait qu'à l'instar des héros de Dostoïevski, les Russes sont facilement ambivalents. À ses yeux, l'opposition des sentiments subsiste profondément dans l'âme russe « qui, tour à tour pèche, expie et se donne de grands objectifs éthiques ». Elle y est bien plus présente que dans l'âme de tout autre peuple. Azev essaya d'ailleurs lui-même de trouver son autojustification dans les écrits de Freud.

La fin de l'agent Azev

La vie dangereuse d'Azev faillit basculer en 1906. Il s'était vu affecter un nouvel officier traitant, un certain Gherassimov. Colonel puis général expérimenté de la police secrète, il contrôlait de près ses activités et lui reprochait de n'avoir pas alerté sa hiérarchie de nombreux attentats. Habile et méfiant, Azev s'engagea à donner des gages de son efficacité. Au printemps 1907, il mit sa promesse à exécution et fournit à la police le plan d'une audacieuse opération de l'Organisation de combat. Le mouvement prévoyait en effet d'assassiner tous les hauts dignitaires du régime, à commencer par le tsar Nicolas II. Ces révélations firent d'Azev un agent particulièrement influent au point que Stolypine, Premier ministre, le consulta sur la formation de son cabinet.

Devenu ainsi un conseiller secret du Premier ministre, Azev semblait enfin entrer dans les coulisses du pouvoir suprême et réaliser son vœu. Mais un attentat manqué contre Nicolas II allait jeter le doute chez ses camarades de « l'Organisation de combat » et les rendre suspicieux envers lui.

L'action était prévue à Saint-Pétersbourg. Le tsar devait inaugurer un nouveau croiseur russe, encore en construction à Glasgow. Le 28 juillet 1907, Azev rencontra dans la ville deux matelots qui devaient participer à l'attentat programmé. Pourtant, le provocateur se heurta à deux obstacles imprévus : fervent croyant, l'un des marins assura que Dieu arrêterait sa main ; l'autre marin, plus mondain, déclara que les fastes du protocole et le prestige du tsar le « déconcertaient ».

Du côté des militants de l'Organisation de combat du parti socialiste révolutionnaire, l'inquiétude se répandait comme une trainée de poudre. On murmurait en effet que plusieurs militants révolutionnaires auraient été arrêtés sur la dénonciation d'un unique collaborateur secret de la police. Nommé Philippovski, la description de ce personnage ressemblait étrangement à leur ténor : Azev.

Un journaliste, surnommé le « Sherlok Holmes de la révolution » et spécialisé dans les enquêtes contre les mouchards, prit le dossier en mains. Bourtzev entra en scène et en bon enquêteur, il eut l'idée de mener à son tour un interrogatoire auprès des habituels interrogateurs. Il demanda directement à la police le véritable nom du mystérieux agent infiltré au sommet de l'Organisation de Combat. Il fallait toutefois trouver un policier qui veuille bien lui répondre et il choisit avec soin son interlocuteur : « Cela doit être un homme honnête, écrivit-il dans son journal, un des principaux dirigeants de la police qui a été blessé par la duplicité de son agent. » En quelques mots, il avait ainsi dressé le portrait d'Alexeï Lopoukhine, un aristocrate russe descendant de la première femme de Pierre Le Grand, ancien directeur de la police. Le journaliste n'avait plus qu'à trouver un moyen de le rencontrer pour lui partager ses hypothèses.

L'express Cologne-Berlin serait le théâtre d'une incroyable révélation. Une sonnerie retentit dans une modeste gare couverte de rosiers en fleurs et le train s'arrêta quelques minutes. D'un pas rapide, Lopoukhine monta dans le wagon et entra dans le compartiment où l'attendait Bourtzev. Ce dernier leur alluma une cigarette à chacun et développa avec minutie les preuves indiscutables de la duplicité d'Azev. Il s'attarda en particulier sur les préparatifs des attentats contre les hauts dignitaires du régime et il démontra à Lopoukhine que l'agent double était impliqué personnellement. Non seulement il montait les plans généraux des assassinats, mais il recrutait lui-même les tueurs à gage choisis pour commettre ces crimes. Lopoukhine n'en revenait pas et dut reconnaître avec consternation : Philippovski et Azev étaient un seul et même homme.

Cette nouvelle ne tarda pas à se diffuser auprès des militants. Le parti socialiste révolutionnaire dénonça dans un communiqué : « L'ingénieur Eugène Azev, trente-huit ans, convaincu de collusion avec la police politique russe, agent provocateur extrêmement dangereux. »

Mais Azev manifesta un extraordinaire sang-froid lors de son inculpation et donna à ses supérieurs de la police sa version des faits. Il fit passer son accusateur pour un homme rancunier qui cherchait à se venger de son échec personnel. La police du tsar trouva plus sage d'organiser la fuite de son agent vers l'étranger afin d'éviter les remous. Le Premier ministre Stolypine, dont Azev avait su tromper la confiance, dut couvrir lui-même ce départ.

Contre toute attente, c'est le général Lopoukine qui allait porter la responsabilité de cette tromperie et du scandale qui éclaboussait la police du tsar. Traîné devant le tribunal spécial du Sénat, on revint sur son activité de chef de la police et il fut accusé de nuisances graves. On le condamna à être privé de ses droits et condamné à cinq ans de travaux forcés. On affirma publiquement qu'il avait appartenu au parti socialiste révolutionnaire afin de justifier la sentence. Six mois plus tard, il fut gracié par le tsar.

En Allemagne puis en France, Azev faillit être exécuté. Toujours sûr d'avoir raison, il eut d'abord l'audace de vouloir rencontrer son accusateur Bourtzev dans un café de Francfort. Quelque temps plus tard, il organisa même un rendez-vous à Paris avec son ancien adjoint à la tête de l'Organisation de Combat, Savinkov, qui deviendrait plus tard ministre de la Guerre du gouvernement provisoire.

En vrai joueur, le provocateur évoqua sa participation active à de nombreux attentats, exigeant qu'on pèse le pour et le contre de ses activités : si on pouvait lui reprocher d'avoir cherché à détruire la révolution, il avait beaucoup contribué à son avancée. Même son interlocuteur, tueur sans scrupule, ne sut s'il devait lui faire crédit ...

Curieusement, alors que Lopoukine avait été châtié, la vie d'Azev n'allait pas tourner au cauchemar. Il s'engagea dans un périple entre les capitales et les stations balnéaires les plus prestigieuses. À Paris par goût, à Berlin par obligation, à Biarritz ou à Monte-Carlo, il était toujours accompagné de sa maîtresse et ne manqua jamais d'argent. Soucieuse de le réduire au silence sans faire de vagues, la police du tsar continua à le rémunérer avec largesse. Son génie commercial fit le reste, ce qui lui permit de vivre aisément dans un magnifique appartement de Wilmersdorf, le quartier bourgeois de Berlin. Il choisit bien entendu un nouveau nom, Alexandre Neumayer. Il ouvrit un bureau d'agents de change et sut même s'entourer d'une excellente réputation à la Bourse de New York, jusqu'à sa mort en 1916.

Dans ses *Mémoires* publiées en Allemagne dans les années vingt, le général Guérassimov, qui avait été des années durant son officier traitant, conserva intacte son estime pour « ce vrai faux chef des terroristes » : « J'étais chaque fois frappé par la richesse de sa mémoire, sa compréhension des mobiles poussant à agir les gens de tous les milieux, et d'une façon générale par son habileté à s'orienter rapidement dans les situations les plus compliquées… Il me dit souvent que le plus grand des maux dont souffrait la Russie était l'absence d'une classe de paysans propriétaires. J'étais toujours étonné de ce qu'il eût réussi, avec ses idées personnelles, à pénétrer dans les rangs des révolutionnaires, et à se tailler parmi eux une des places les plus en vue. C'est là une énigme que je n'ai jamais réussi à déchiffrer. »

Azev avait peut-être, d'une certaine manière, réussi à « entrer dans l'histoire ». Grâce aux informations qu'il avait fournies à la police du tsar, la colonne vertébrale de la révolution russe semblait brisée. Le principal parti d'opposition, "les socialistes révolutionnaires" vivaient une crise majeure qui se cristallisa autour d'une série de suicides chez ses leaders. Certains se réfugièrent en Europe, à Paris en particulier, s'adonnant à la pratique ésotérique qui connaissait alors un réel engouement.

1905 : la première révolution russe

Le couple impérial russe, isolé des mouvements qui agitaient le pays, allait vivre ses dernières heures.

En 1903, le tsar attribua à Serge Witte le titre honorifique de président du Comité des ministres, l'écartant ainsi en raison de ses positions jugées trop libérales. C'est Plehve qui reçut le pourvoir réel. Le nouveau ministre de l'Intérieur était un adepte de la manière forte. Le tsar écoutait ses conseils, notamment dans le domaine international quand il se moquait des Japonais qu'il surnommait les « singes ».

La Russie entretenait des relations contrastées avec l'Asie. L'empereur russe avait convoité un accès à la mer et conclu avec la Chine un traité lui accordant Port-Arthur en Extrême-Orient, selon un bail fixé dans le temps. La Russie contribuait aussi en Mandchourie à la construction du chemin de fer. Elle avait également signé un traité reconnaissant les intérêts japonais en Corée. Cependant, un groupe de pression russe convoitait les ressources coréennes et espérait s'en emparer. Hauts placés dans l'organisation de l'état, ils avaient créé pour y parvenir la Compagnie du Yalou.

Le gouvernement de Tokyo s'impatientait, mais le tsar pensait que les « singes » ne pouvaient pas lui faire grand mal. Ses ministres d'ailleurs ne craignaient pas un conflit, pensant qu' « une bonne petite guerre » serait salutaire pour calmer l'agitation intérieure.

Il y eut hélas une guerre, mais le conflit fut véritablement meurtrier. Sans prévenir, les navires japonais attaquèrent Port-Arthur dans la nuit du 26 au 27 janvier 1904. Le tsar allait connaître la première des ses pires années de règne. Les déroutes militaires se succédèrent. En mars, la flotte russe d'Extrême-Orient essuya une défaite navale à Port-Arthur qui la laissa pratiquement détruite. Le président américain Théodore Roosevelt offrit sa médiation. Le tsar l'accepta. Cette défaite militaire devint le prélude d'une révolution.

L'Union ouvrière de Moscou formait le principal syndicat du pays. Les informateurs de la police y étaient nombreux et ils avaient fait nommer à la tête de leur organisation un jeune pope nommé Gapone.

« Dans l'auréole de son courroux pastoral, la malédiction aux lèvres, il nous apparaissait comme une figure de style presque biblique. On eût dit que les puissantes passions révolutionnaires s'étaient réveillées dans la poitrine du jeune prêtre. », écrivait Léon Trotski dans son livre *1905*.

Les activités du pope Gapone avaient attiré l'attention de la police du tsar dès 1904 à Saint-Pétersbourg. Le jeune ecclésiastique avait commencé à fréquenter le milieu ouvrier, auprès duquel il exerçait de temps à autre son sacerdoce. Il respirait la joie de vivre et l'insouciance de la jeunesse. Voix claire et chaude, gestes vifs et précis, cet ancien séminariste assuma rapidement le rôle de tribun du peuple. De partout on venait l'écouter, il était la coqueluche de la capitale. Prisé par l'intelligentsia libérale, il demeurait toutefois suspect pour la police secrète qui surveillait ses agissements. Il fit l'objet de plusieurs fiches signalétiques et de rapports rédigés par des agents chargés de le suivre pour établir le programme de ses activités. Rapidement, la police saisit ce qu'elle pouvait tirer comme information d'un tel personnage et le traita en informateur bénévole. Mais rapidement, dès octobre 1905, il devint officiellement un collaborateur secret, cette fois-ci bien rémunéré.

Le 9 janvier 1905, à l'instigation du pope Gapone, un cortège d'ouvriers de Saint-Pétersbourg se dirigea vers le palais d'Hiver. Leurs revendications étaient claires : augmentation de salaire, journée de travail de huit heures. Organisée par l'Okhrana, qui avait pour mission de contrôler le mouvement de révolte, cette manifestation reflétait toute l'ambiguïté de la police du tsar. Mais ces méthodes complexes de manipulations croisées n'étaient pas du goût de tous au cœur du pouvoir. Le grand-duc Nicolaï Nikolaïevitch estima qu'il fallait réagir durement et l'armée reçut l'ordre de tirer sur le peuple. On dénombra officiellement quatre-vingt-seize morts et trois-cent-trente-trois blessés. De leur côté, les sources révolutionnaires évoquèrent des centaines de morts.

En février 1905, Azev avait organisé une nouvelle vague d'attentats qui incita les durs du régime à éliminer les éléments réformateurs au sein du pouvoir : « Ne ménagez pas les cartouches ! » Le Premier Soviet des députés du peuple était né dans la capitale de l'Empire. Cette fois, des unions professionnelles majeures se formèrent à travers tout le pays. Le cuirassé Potemkine se revêtit d'un drapeau rouge. La Russie connut la première grève politique générale lancée par les partis révolutionnaires et les syndicats. Une insurrection armée s'ensuivit. Cependant, Nicolas II sut entendre ces dangereux signaux. Le 17 octobre 1905, il signa un manifeste marquant officiellement la fin du pouvoir absolu en Russie. Il montrait ainsi qu'il était prêt à certaines concessions. On recourut tout de même encore à la force pour réprimer les opposants. Toutefois, les réformes proposées par le Premier ministre Stolypine tuèrent dans l'œuf le mouvement de révolte. Une nouvelle fois, les révolutionnaires étaient condamnés à l'exil où ils iraient mettre au point de nouvelles stratégies.

Si le manifeste signé par le tsar avait vraiment modifié la nature du pouvoir, qui a théoriquement cessé d'être absolu, Nicolas II, sans le dire ouvertement, se refusait à l'admettre. Quant à l'impératrice, elle ne pouvait concevoir la moindre limitation de l'absolutisme. Mal à l'aise dans une cour remplie d'intrigues, le tsar et la tsarine cherchaient hors du monde réel le réconfort et la paix à laquelle ils aspiraient.

Quant au pope Gapone, considéré comme l'étendard du courage révolutionnaire, il passa clandestinement la frontière et s'enfuit à l'étranger. Profitant de son aura, il parcourut l'Europe en donnant des conférences largement rémunérées. Invité aux tables les plus prestigieuses, chez Maxim's à Paris ou dans les grands hôtels de Monte-Carlo, il profitait de cette gloire dont il ignorait encore qu'elle serait éphémère.

Car bientôt, la rumeur de sa collaboration avec la police commença à circuler. C'est dans une agréable villa de Finlande que le « pope révolutionnaire » fut capturé. Un commando d'ouvriers s'était organisé : parmi les manifestants du 9 janvier, sept furent tirés au sort pour accomplir le forfait programmé. Ils lui passèrent sans ménagement une corde au cou, tandis qu'il les appelait à la mansuétude : « Frères, épargnez-moi au nom de mon passé ». En vain. Gapone finit pendu à un portemanteau le 28 mars 1906.

L'échec de la révolte de 1905 n'avait pas arrêté les révolutionnaires. Ils poursuivaient leur lutte inlassable contre l'empire des tsars. Lénine, choisi comme antithèse symbolique du tsar Nicolas II, s'était établi avec sa femme et sa belle-mère à Paris. Il logea au 4, rue Marie-Rose, dans le quartier Montsouris, de 1908 à 1912. Ils habitaient un modeste logement de deux pièces. La première pièce comportait deux petits lits de fer entouré de piles de livres et, incontournable d'un intérieur russe, un jeu d'échecs. La deuxième pièce servait tout à la fois de bureau à la femme de Lénine et de chambre à coucher à sa mère. On recevait et on prenait les repas dans la cuisine, parfaitement entretenue.

C'est dans les années 1909-1910 qu'une autre femme entra dans sa vie du leader bolchévique et l'écarta un temps de son ascétisme affiché. Alexandra Kollontaï, célèbre féministe et ambassadrice d'URSS, divulgua l'histoire de cette passion bien plus tard : « Il s'agit là d'un domaine tout à fait intime. Toutefois, maintenant que le nom de l'autre femme est connu, rien n'empêche de parler de cet épisode de la vie de Lénine. Ce ne fut jamais un secret pour ses compagnons. Lénine s'éprit, disons qu'il était totalement amoureux d'une camarade du Parti, Inès Armand. »

Une Française dans les neiges

D'origine française, arrivée en Russie à la fin du XIXe siècle avec sa mère, Inès se rendait souvent à la propriété de riches industriels français russifiés, la famille Armand. Elle y enseignait le français et la musique. Les Armand avaient été conquis par sa riche personnalité, par son esprit et son caractère vifs. La musique et la littérature n'étaient pas seulement pour elle un sujet d'enseignement mais deux véritables passions auxquelles elle se donnait pleinement. Brillante et studieuse, la jeune fille parlait le français, le russe et l'anglais. Lorsqu'elle eut dix-neuf ans, elle fut demandée en mariage par l'aîné des fils Armand, Alexandre.

Venue de Paris en modeste jeune fille, Inès devint l'une des dames les plus respectées de la haute bourgeoisie moscovite. Son mari attentionné l'accompagnait chaque soir aux fêtes, aux bals ou au théâtre, particulièrement quand l'hiver faisait préférer les danses des spectacles du Bolchoï aux promenades nocturnes.

Le gel, la tempête, les tourbillons de neige dansant dans la lumière laiteuse des lampadaires, rien ne semblait tirer Inès de ses pensées, pas plus que les traîneaux à deux chevaux avec leurs grelots, qui se rangeaient à tour de rôle devant le péristyle. Les cochers juraient en tirant sur leurs rennes. Des nuages de vapeur montaient de la croupe des chevaux. Dans les lueurs hésitantes des lanternes de voitures, des valets s'affairaient pour aider à descendre quelque notable aux favoris blancs ou des jeunes femmes délicatement apprêtées.

Inès aimait jeter dans les bras du portier son manteau de fourrure couvert de neige. Droite et altière, elle foulait le tapis rouge d'un pas alerte. Habituée à voir les regards se retourner sur son passage, elle pénétrait dans la salle chaude aux lustres étincelants, aux moulures dorées, aux sièges pourpres. Au fil des saisons, pourtant, Inès commença à s'ennuyer dans cette tour d'ivoire. Elle avouera plus tard : « Il m'est arrivé de me sentir bien seule dans ce milieu. C'est que j'étais malgré tout une étrangère entrée dans la famille par la petite porte, et encore, avec un statut à part. »

Elle avait donné naissance à deux garçons et à deux filles. Pourtant, elle ne comptait pas enfermer sa personnalité dans une maternité qui ne suffisait pas à la combler et elle ne voulait nullement ressembler à l'héroïne de *Guerre et Paix* décrite par Tolstoï : « Après la naissance de ses enfants, Natacha devint une véritable femelle ».

Inès avait pris la résolution de ne jamais être simplement "une femelle" et de rester femme quoi qu'il arrive. Elle décida d'abord de participer activement aux œuvres de charité en faveur des orphelins. Le gigantesque chantier du transsibérien causait de nombreux accidents mortels qui laissaient les enfants sans père. Inès finança la construction d'une école, elle fonda également une société pour l'amélioration de la condition féminine. Ces actions en apparence ordinaires allaient l'emmener bien plus loin qu'elle ne l'avait imaginé. Imperceptiblement, elle devint une des figures phare du mouvement féministe.

Elle avait vingt-six ans lorsqu'elle prit conscience qu'il y avait un combat à mener pour la cause des femmes. Elle tenta de partager ses convictions à sa famille mais son mari se contentait de lui répondre par un sourire compréhensif. Pendant l'été, il s'absentait souvent, partant tôt le matin pour son bureau et revenant le soir vers 19 heures. Il échangeait à peine quelques mots avec sa femme avant de s'endormir et il repartait le lendemain aux mêmes heures.

Vladimir, le jeune beau-frère d'Inès, l'admirait depuis l'âge de six ans. Âgé désormais de dix-sept ans, il était reconnu dans la famille pour avoir un caractère calme, un esprit noble, un sens aigu du sacrifice. Dans son entourage, peu savaient qu'il était déjà un révolutionnaire clandestin. Délaissée, Inès partagea avec

Vladimir de longues promenades durant lesquelles ils eurent tout le loisir d'évoquer la révolution, le féminisme... et l'amour libre.

Sur la terrasse surplombant un petit lac aux rives fangeuses semées de cabines de bain, le thé n'avait pas encore été desservi. Le parfum délicat des fleurs blanches enivrait Inès. Vladimir ne quittait pas des yeux ses bras recouverts jusqu'au coude d'un élégant déshabillé de soie. Elle lavait des baies pour faire des confitures, tout en comparant les idéaux mystiques de Tolstoï et de Gogol. Leurs propos brisaient l'ambiance feutrée de cette somptueuse propriété. Inès avait enfin trouvé un homme qui la comprenait.

Les amants ne cachèrent pas leur liaison d'autant que la jeune femme allait avoir un enfant de Vladimir. Le mari malheureux ne les blâma pas ; il réagit néanmoins d'une manière intransigeante : l'enfant porterait son propre nom et Vladimir devrait terminer ses études avant de faire des projets.

Le destin en décida autrement. Militants convaincus de l'aile radicale de la sociale démocratie, Inès et Vladimir étaient aux côtés de la population en janvier 1905 pour demander justice au tsar devant le palais d'Hiver. Entre 1907 et 1909, le couple fut arrêté plusieurs fois et même exilé au bord de la mer Blanche, avant de s'enfuir en Suisse via la Finlande.

Mais en 1909 survint un drame. Vladimir avait caché à sa maîtresse qu'il était gravement malade. Atteint de phtisie, il comptait sur le climat sec et ensoleillé comme sur le service irréprochable des sanatoriums suisses pour lui rendre la santé. Il était déjà trop tard. Face au Mont-Blanc, le jeune homme étendu sur une chaise longue s'éteignit dans les bras d'Inès. Elle écrivit le jour même : « Sa mort est pour moi une perte irréparable. Mon bonheur était lié à lui et sans ce bonheur la vie est difficilement vivable. » Et dans une autre lettre : « Le décalage entre les intérêts personnels et les intérêts communs est une grande déchirure pour les intellectuels. Il faut choisir entre l'un et l'autre et c'est un dilemme impossible. Quel que soit le choix, on est toujours perdant. »

Inès choisit vite son chemin. Elle décida d'assumer son destin de révolutionnaire. Sa situation personnelle était cependant ambiguë car elle n'était ni divorcée de son mari, ni vraiment veuve de son amant. Cette adepte de l'amour libre partit, via Paris, pour la Belgique où elle se plongea dans les études. Un an plus tard, en 1910, elle sortait de l'Université libre de Bruxelles en étant diplômée d'économie politique, avec les félicitations du jury.

À trente-six ans, Inès se sentait profondément russe et naturellement parisienne. Elle y avait vécu enfant et avait aimé Paris après la Commune. Elle décida donc s'y installer à nouveau, avec dans ses bagages le livre qui l'avait incitée à rejoindre les rangs bolchéviques. Son auteur se faisait appeler Lénine, en souvenir de son exil sur les bords du fleuve Léna. Bientôt la jeune femme allait découvrir l'homme de chair et d'os qui se cachait derrière l'auteur.

À la différence d'Inès, Lénine n'affectionnait guère l'ambiance parisienne de l'époque. En ces années 1910, Diaghilev, fondateur des célèbres Ballets russes, était le symbole culturel de la capitale. Les envolées de Nijinski sur la scène du théâtre du Châtelet subjuguaient le public mais Lénine n'assistait jamais à ces spectacles. Il se montrait parfaitement insensible à la magie des décors aux couleurs vives qui ne présentaient aucun intérêt à ses yeux. Il est vrai qu'il n'avait déjà qu'une chose en tête : former des cadres pour son parti afin de préparer la révolution russe.

À cette époque, Inès et la famille Lénine vivaient à Paris en voisins rue Marie-Rose, eux au 4, elle au 2. La jeune femme avait déjà commencé à travailler pour le leader bolchévique, répondant aux lettres et rédigeant des traductions. Elle se mettait souvent au piano. Lénine aimait l'entendre jouer, surtout Beethoven, même si, disait-il, cela agit sur les nerfs, et donne l'envie de proférer de charmantes bêtises. « Je ne peux écouter trop souvent de musique, lui dit-il après avoir entendu la sonate dite *Appassionato* de Beethoven. Cela m'incite à vouloir dire des choses aimables et stupides et à tapoter la tête des gens. Mais à présent, il faut leur taper sur la tête, les frapper sans pitié. »

Lénine et Inès partageaient aussi le même goût de la bicyclette et partaient admirer les paysages des hauteurs de Paris. Lors d'une de ces randonnées, Lénine découvrit Longjumeau, une bourgade située sur les bords de l'Yvette. Elle sera choisie en mai 1911 pour accueillir la première école formant les responsables du parti bolchévique. Venus de toute la Russie, les élèves devaient y suivre une formation intensive. Pratiquement tous les futurs leaders soviétiques y passèrent. Chacun y avait son rôle. Lénine dispensait la politique générale, Inès, qui avait largement participé au financement du projet, donnait des cours d'économie.

Étaient-ils déjà amants ? Tout le monde s'était aperçu que Lénine ne quittait pas Mme Armand des yeux. Ils étaient pourtant si différents ; Lénine incarnait la rigueur jusqu'à son vêtement. Ses costumes trois-pièces et ses cravates à pois contrastaient avec les extravagantes tenues d'Inès. Toujours bien coiffée, elle portait souvent, malgré les moqueries de Lénine, des chapeaux à plume qui la faisaient paraître encore plus grande.

Furent-ils la proie d'un véritable coup de foudre ? Les premiers temps, Inès s'en cachait, affirmant qu'elle aimait surtout « ses talents d'orateur. » Se remémorant ces moments forts, elle lui écrira plus tard : « Quant à toi, à l'époque, tu m'avais terriblement impressionnée. J'avais une folle envie de t'approcher mais j'aurais préféré mourir sur place plutôt que de pousser la porte de ton bureau... C'est seulement pendant l'été à Longjumeau et à l'automne suivant, quand j'ai fait ces traductions pour toi, que je me suis peu à peu habituée à ta présence. J'adorais t'écouter, surtout t'observer tandis que tu parlais. D'abord ton visage devient si expressif dès que tu prends la parole et puis tu étais tellement absorbé par ce que tu disais que tu ne me remarquais pas en train de t'observer. »

Leur vie ressemblait plus à une vie d'étudiants qu'à celle d'une famille. Inès était la plus fidèle traductrice de son amant, sa plus proche collaboratrice et souvent même son porte-parole. La femme de Lénine habitait toujours avec lui. Fut-elle jalouse, refoulait-elle ce sentiment ? Dans ce milieu, l'approche envers l'amour rompait complètement avec les traditions bourgeoises : le travail l'emportait sur les affaires personnelles et la jalousie était prohibée puisque les hommes et les femmes révolutionnaires s'étaient "libérés des chaînes des préjugés".

Il était difficile d'imaginer des caractères plus contrastés que ceux des deux femmes. L'épouse de Lénine était un personnage effacé, au visage fané avant l'heure. Au contraire, Inès était épanouie et plus belle que jamais. Ses yeux toujours brillants et ses gestes assurés mettaient en valeur ses toilettes et sa magnifique chevelure toujours à la dernière mode.

Mais Lénine aussi avait changé. Autrefois, avec son chapeau melon et sa silhouette trapue, il faisait penser à un commis voyageur. Maintenant, une casquette posée sur le côté, la moustache bien peignée et un sourire malicieux accroché aux lèvres, il était bizarrement devenu une sorte d'« artiste » de la révolution.

L'amour refoulé

Au mois de juillet 1912, Inès, déguisée en paysanne, fut arrêtée à Saint-Pétersbourg où elle s'était rendue clandestinement. La famille de son richissime époux – elle n'avait officiellement pas divorcé – avait alors payé l'exorbitante caution et permis à la jeune femme de s'enfuir de nouveau à l'étranger sans attendre son jugement.

Dans les années 1912-1913, alors qu'elle vivait dans son cher Paris, Inès devint mélancolique. Ses sautes d'humeur troublèrent même ses enfants. Elle passait son temps en promenades solitaires. Elle écrivit à Lénine qui vivait alors en Galicie : « En me retrouvant sur ces lieux si familiers, j'ai compris clairement, comme jamais auparavant, la place gigantesque que tu as tenue dans ma vie quand nous étions ensemble à Paris. Tout ce que j'y avais fait était relié par mille fils de mes pensées pour toi. Pourtant, à cette époque je n'étais pas tout à fait amoureuse de toi mais je t'aimais fort bien déjà en ce temps-là. Je pourrais aujourd'hui, comme alors, me passer très bien de tes baisers si je pouvais seulement te voir. »

Inès se sentait de plus en plus isolée. Sa nouvelle amie, Tamara, n'était jamais assez bien à ses yeux. Inès, si patiente avec Lénine, se montrait impitoyable avec la jeune fille. Elle la reprenait durement, lui reprochait ses gestes. Elle le reconnut plus tard : « Nous nous aimions et nous avions beau souffrir, nos querelles n'en devenaient que plus acharnées. » Tamara de son côté prétendait qu'un vrai social-démocrate devait savoir renoncer à tout, à l'amour, à la famille et ne vivre que pour « son idéal ».

Mais Inès n'avait aucun attrait pour un quelconque ascétisme. Les paroles enflammées de son amie faisaient écho à celles des intellectuels russes dont les discours ne coïncidaient pas souvent avec les actes. « Leurs idées, disait-elle, sont toujours parfaites, mais leurs actions sont souvent mesquines, pour ne pas dire pire. »

Dans une lettre datée de 1913, toujours adressée à Lénine, Inès reconnut qu'elle avait brisé son amie : « Je n'ai pas su comprendre que Tamara était une fleur belle, douce mais fragile, une fleur pour qui la vie était déjà assez cruelle, une fleur qu'il fallait caresser et soigner, qu'il fallait élever avec infiniment d'attention. Je crains de n'avoir fait qu'aider la Providence à lui porter ce coup fatal. Je l'aimais pourtant, je l'aimais tellement, je t'assure. »

Lénine ne montra aucune compassion pour sa maîtresse. Il ne répondit même pas à cette lettre dans laquelle Inès laissait pourtant percer son besoin de soutien et d'affection. Ce manque de compréhension, cette indifférence laissèrent Inès entre frustration et abandon.

Déjà, avant son départ pour la Galicie, l'attitude pragmatique de Lénine avait été ambiguë. Tout d'abord, il avait demandé à Inès de lui renvoyer toutes ses lettres. Peut-être voulait-il simplement détruire les preuves matérielles de leur liaison, qui comportaient aussi quelques écrits sur ses relations politiques. Lénine avait également recommencé à vouvoyer Inès alors qu'il la tutoyait pendant leur passion parisienne. Désormais, ses lettres ressemblaient davantage à des rapports entre un officier traitant et son correspondant qu'à la missive d'un homme amoureux.

Face à cet éloignement, Inès se sentait trahie, encombrante. Pourquoi donc Lénine s'était-il si rapidement laissé approcher et l'avait-il laissée devenir son adepte inconditionnelle, presque son esclave, si c'était pour l'abandonner ainsi ? Pourquoi reprenait-il désormais son ancien vouvoiement ? Et pourquoi une femme amoureuse devait-elle se contenter d'un bonheur rare et imprévu ?

Inès comprit qu'elle devait trouver en elle les ressources pour surmonter cette épreuve et s'obligea à une impitoyable rééducation amoureuse. À son tour, elle se fit plus distante et laissa son amant sans nouvelles pendant près d'un mois, lorsqu'il était à Berne. Cette fois-ci, les rôles furent échangés. Le leader des bolchéviques perdit son sang-froid. Il demandait sans cesse au concierge de l'hôtel s'il avait du courrier. Il écrivit lui-même trois lettres en deux semaines à Inès.

« L'idée m'est venue à vrai dire que, peut-être, vous étiez fâchée, qui sait, de ce que je ne sois pas allé vous accompagner le jour de votre départ (ils s'étaient vus en Suisse). Mea culpa, mea maxima culpa ! Mais non, loin de moi cette pensée, je la chasse, je l'ai déjà chassée ! » Puis : « C'est la deuxième carte postale que je vous écris ». Et : « C'est déjà la troisième, cette fois en français, pour que la tâche soit plus facile aux censeurs s'ils sont la cause du retard des lettres. » « À ce qu'il semble, vous n'écrivez à personne ! je vais demander de vos nouvelles à nos amis pour savoir si vous n'êtes pas malade... Tout à vous. Votre Basile. »

Pourquoi Basile ? Basile ne correspondait à aucun de ses noms de code. Il semble qu'Inès l'appelait ainsi dans l'intimité. D'ailleurs, cette lettre n'était-elle pas destinée à rétablir des relations plus étroites ?

Désormais, Inès et Lénine allaient se retrouver régulièrement en Suisse. Leurs rendez-vous amoureux étaient sincères, certes, mais les missions d'Inès n'étaient pas factices. Elle agissait en véritable militante révolutionnaire clandestine. Lénine n'avait pas cessé de lui accorder sa confiance et lui demanda même de gérer les comptes du Parti dans les banques étrangères, en cas de force majeure. Inès était aussi une des rares personnes avec qui Lénine aimait confronter ses analyses.

Ils s'écrivaient de nouveau d'une manière régulière et le tutoiement avait repris sa place. Quand ils le pouvaient, ils faisaient de longues promenades dans les montagnes suisses, tantôt lumineuses, tantôt sombres comme les chemins tortueux de leur vie. Inès se laissait quelquefois aller au découragement, constatant que l'amour était peut-être « plus important que le reste ».

L’homme qui manipula Lénine

Lorsqu’il vivait à Paris en 1910, Lénine était inséparable de son bras droit, un certain Malinovski, jeune député de la Quatrième Douma.

Ce Malinovski, vêtu avec élégance et amateur de bonnes tables, était en fait un agent de la police tsariste largement rémunéré. Il voyageait avec Lénine, connaissait tout de ses rencontres et même de sa vie privée. Il soutenait sans ciller le chef du Parti contre ses adversaires mais ne manquait jamais d’informer en parallèle les services tsaristes de ses agissements.

Quand Inès Armand se rendit à Saint-Pétersbourg déguisée en paysanne pour y effectuer une mission, Malinovski la dénonça aussitôt et provoqua ainsi son arrestation. La famille Armand, on l’a vu, paya la lourde caution, ce qui permit à la jeune femme de repartir.

La collaboration de ce personnage avec la police tsariste datait déjà de quelques années. Sa première fiche des archives de la police le décrivait ainsi : « Nom de code : Ernest - Parti Ouvrier Social-Démocrate. Ouvrier serrurier. Informateur bénévole. Donne parfois de bons renseignements. Il a indiqué que « Koba » et « Kamo » ont participé à l'attaque de la succursale de la Banque d'Etat à Tiflis ». Koba était un des noms de code d'un certain Joseph Djougachvili, qui allait être connu plus tard sous le nom de Staline. Kamo était le célèbre terroriste arménien Ter-Petrossian.

Plus tard, une fiche plus détaillée des activités d'« Ernest » fut établie : « Roman Malinovski, dit « Ernest », dit « le Tailleur », dit « Constantin ». Parti Ouvrier Social-Démocrate (faction bolchévique) né en 1876, d'origine polonaise. Profession serrurier. Condamné pour vol en 1902. Ex-secrétaire de *l'Union des Ouvriers métallurgistes* de Moscou. Trois fois arrêté et libéré pour insuffisance de preuves. En service non actif depuis mars 1910. A communiqué auparavant quelques bons renseignements. Militant de haute culture socialiste. Tribun très doué. À toute la confiance des militants bolcheviks et celle de Lénine, qui l'a fait entrer au Comité Central du parti. Collaborateur énergique aux informations sûres. Appointements 100 roubles par mois. Sera candidat à la Douma, si on l'aide. S'attacher à en faire un chef du parti. »

La police tsariste avait créé une méthode infaillible pour s'assurer la fidélité de ses agents : elle leur permettait une ascension vertigineuse dans la hiérarchie. Plus tard, le KGB ne procèdera pas autrement.

Simple militant, Malinowski devint ainsi membre du Comité Central du parti bolchévique puis l'éminence grise de Lénine. Jouant sur les rivalités personnelles et les différences idéologiques, la police tsariste se montrait habile pour avancer son pion sur l'échiquier.

À partir de ce moment-là, Malinovski connut une sorte de dédoublement de sa personnalité. En comédien accompli, il incarnait chacun de ses rôles avec précision et il endossa sans difficulté celui de l'homme politique, tout en restant un mouchard. Il est vrai que ce brillant orateur était allé à bonne école puisqu'il avait été formé comme analyste politique par Lénine lui-même.

En 1912, il se trouvait au sommet de sa carrière quand débuta la campagne pour les élections au parlement. Lénine assura le soutien de sa candidature par le groupe des bolchéviques de Moscou. Quant à la police, elle appuyait l'agent de son côté en allant jusqu'à saboter les réunions de ses rivaux et saisir leurs tracts. Les autorités firent aussi le nécessaire pour effacer le passé douteux de son agent. La commission gouvernementale chargée de valider les candidatures n'eut jamais connaissance, par exemple, du vrai casier judiciaire de Malinovski. Condamné de droit commun pour vol, il aurait été inéligible selon les lois russes.

Élu triomphalement, il ne fit pas pour autant profil bas malgré les tractations en coulisses qui lui avaient permis ce succès. Au contraire, en vrai joueur, il fit monter les enchères. Président de la faction bolchévique à la Douma, il y émit à propos de la terreur policière de virulentes critiques.

Le comble fut son attaque en règle menée contre la pratique de la provocation policière. Dans un discours stupéfiant, il osa réclamer la destitution du directeur du département de la police et la suppression du « cabinet noir » de recherche politique. Il y ajouta pour faire bonne mesure la réduction des crédits du ministère de l'Intérieur… dont une partie permettait le financement de ses propres activités !

Bien qu'habitués à prendre avec recul les déclarations de leur agent, les autorités tsaristes furent, cette fois-ci, suffoquées. C'en était trop. Elles prirent alors la décision de transmettre au président de la Douma une partie des fiches concernant Malinovski.

La révélation de sa collaboration avec la police provoqua un scandale. Cependant, Lénine œuvra pour que son collaborateur ne fût pas jugé par le tribunal intérieur du parti. Il organisa la fuite de son ancien bras droit et lui permit ainsi de se réfugier en Allemagne. Cette fois, Malinovski jugea bon de se faire oublier et accepta de couler des jours tranquilles auprès d'une robuste Prussienne aisée aux cheveux de lin.

Mais bientôt, la révolution de 1917 devait changer la donne. Malinovski n'était pas de ceux qui allaient terminer leur vie en contemplant des paysages idylliques. Il voulut, une fois encore, jouer à quitte ou double.

En décembre 1918, un homme corpulent, soigneusement vêtu, se présenta au siège du Soviet de Petrograd.

« Comment oses-tu venir ici, tu joues avec la mort ? Pourquoi fais-tu cela ? lui demanda le président du soviet, Zinoviev, vétéran bolchévique que Malinovski avait rencontré chez Lénine.

- Parce que je n'ai compris la révolution que ces derniers mois, répondit Malinovski. Avant, pour moi, la politique n'était qu'un jeu. Je n'envisageais pas qu'on pût l'exercer autrement que par goût, par besoin. J'ai travaillé pour la police par ambition, après m'être laissé entraîner par mon esprit aventureux. Maintenant, je viens pour régler mes comptes. Faites-moi fusiller ! »

Il jouait sa dernière carte. Il voulait encore une fois éprouver ce sentiment de vertige ressenti lorsqu'il était agent double, tout en espérant qu'on accorderait crédit à son repentir et qu'il reprendrait du service, auréolé de son aveu.

Mais la révolution, comme disait le procureur rouge, « ne peut s'attarder au déchiffrement des énigmes psychologiques ». Ainsi qu'il l'avait demandé, Malinovski fut donc fusillé le lendemain, le long du mur d'un monastère transformé en caserne de la Garde rouge.

Les états d'âme russes : Raspoutine

Après l'affaire Malinovski, Lénine prétexta « une mission de parti » pour voyager dans toute l'Europe. Restée à Paris, Inès Armand devint mélancolique et se mit à passer le temps en promenades ou allait voir les artistes russes venus s'installer à Paris.

Les Russes étaient d'ailleurs redevenus à la mode en France. Les Parisiens raffolaient de leurs traditions : les œufs de Pâques, les costumes, les blouses à la Tolstoï, les toques en fourrure. La gastronomie et la littérature venues des neiges étaient aussi dans l'air du temps. Le public français découvrait des écrivains russes notamment grâce aux efforts de Melchior de Vogüé avec son livre devenu célèbre, *Le Roman Russe*, et s'enflammait dès qu'on évoquait le « charme slave ». Inès quant à elle se promenait seule dans les quartiers de l'immigration russe. Marchant d'abord le long du boulevard Montparnasse, elle rejoignait le boulevard de Port-Royal, jusqu'à la Closerie des Lilas, qui était alors un modeste café.

À la fin du XIXe siècle, Saint-Pétersbourg, capitale de l'empire des tsars, était une ville européenne dominée par plusieurs personnalités en vue, avec ses nouveaux riches, sa haute société, son demi-monde. Une des personnalités emblématiques du tout-Saint-Pétersbourg, la grande-duchesse Militsa, tenait dans son salon des séances de spiritisme. Elle connaissait bien la littérature mystique et réunissait même un certain nombre de textes pour réaliser une anthologie des Pères de l'Église.

La grande-duchesse Militsa entretenait des relations étroites avec le couple impérial. Nicolas II appréciait tout particulièrement sa spiritualité passionnée et son érudition. Cette dame flamboyante avait fait la connaissance, pendant son séjour à Kiev, d'un étrange personnage, un paysan sibérien prénommé Raspoutine.

À quarante ans, Raspoutine errait de monastère en monastère. Il avait entendu parler de prophéties concernant les menaces qui pesaient sur l'Empire. Au début de 1905, Raspoutine arriva à Saint-Pétersbourg. Aussitôt, la grande-duchesse Militsa envoya une voiture le chercher pour le conduire jusqu'à son palais sur le quai Anglais, au bord de la Neva. Elle souhaitait le présenter elle-même au tsar. Avec ses manières paysannes, son autorité religieuse naturelle, son talent pour calmer et guérir, elle voyait en lui « un envoyé du ciel pour sauver la Russie et son tsar ».

Pour percer l'énigme de l'influence hypnotique de Raspoutine, il faut revenir au début de ses relations avec la famille impériale. Lorsque le tsarévitch hémophile était malade, Raspoutine entrait en prière. Puis, épuisé, il se relevait en disant : « Ouvre les yeux, mon fils. » Et le tsarévitch se réveillait en souriant. Dès cet instant, son état s'améliorait toujours rapidement.

Ainsi le Sibérien était devenu indispensable. Il se rendait régulièrement au palais. Habituellement, il arrivait avant le dîner, jouait avec l'enfant, qui lui avait donné le surnom affectueux de Novy, « le nouveau ». En mars 1907, Raspoutine fut ainsi officiellement autorisé à ajouter Novy à son nom de famille.

Dès lors, Raspoutine devint un familier de la résidence impériale Tsarskoïe Selo et il fut reçu officiellement à la Cour. Il était d'abord chargé de veiller sur la santé des membres de la famille impériale. Puis, se faisant « fort de sa connaissance des âmes », il était également consulté sur les qualités et les défauts des collaborateurs du tsar. Pour autant, Raspoutine ne partageait pas encore l'intimité de la famille impériale. Il quittait souvent Saint-Pétersbourg l'hiver pour retrouver sa chère Sibérie. De novembre 1907 à avril 1908, par exemple, il ne quitta pas son village natal, où il se faisait construire une nouvelle maison.

Tout était sans limite chez cet homme qui paraissait sorti des tripes même de cette Russie éternelle. Ses hautes bottes, ses pantalons bouffants trop larges rejoignaient une chemise brodée à col montant, boutonnée sur le côté et tombant sur la taille. Sa longue barbe noire se mêlait à une tignasse désordonnée. Son nez dominait une bouche profondément sensuelle. L'expression entière de son visage semblait se concentrer dans ses yeux.

Il était bien loin de l'image typique du paysan russe. Il représentait plutôt un reflet de l'idée ancrée dans la haute société pétersbourgeoise de ce que pouvait être l'homme du peuple. « Raspoutine était partout, Raspoutine était tout », nota le poète Blok dans son *Journal*.

Stolypine : la stratégie de la contre-révolution

Toutefois, Raspoutine se rendit vite impopulaire à la Cour, où on le considérait comme un « mauvais ange ».

Il était à la fois détesté et redouté. On ne pouvait pas lui reprochait de vouloir assurer sa fortune personnelle. Il s'accordait pour seul luxe une chemise de soie confectionnée par la tsarine Alexandra et une magnifique croix également offerte par l'impératrice. Il ne s'en séparait jamais et la portait autour de son cou.

Après la révolution de 1905, Raspoutine se heurta à un adversaire redoutable : le président du Conseil, Piotr Stolypine. Nommé en juillet 1906, ce réformateur énergique dont nous avons déjà parlé voulait, on s'en souvient, moderniser l'empire russe, en permettant l'acquisition des terres par les paysans. Il avait également présenté un plan pour une meilleure répartition de l'impôt et proposait de donner davantage de pouvoirs au parlement russe. Il élabora un programme de réformes visant à instaurer les fondements solides d'un État de droit dans une monarchie constitutionnelle. Ce projet prévoyait des lois garantissant les droits des citoyens, une réforme de la police, un début de décentralisation qui concèderait de larges pouvoirs aux assemblées des régions.

Stolypine parvint à arrêter les vagues de terrorisme, améliora le système ferroviaire et renforça la production de charbon et de fer. La Russie vivait donc de tels progrès que Vladimir Lénine craignit de ne jamais pouvoir revenir de son exil !

Le président du Conseil souhaitait ardemment que la Russie s'orientât vers le « développement intérieur et non extérieur ». Il estimait que les ambitions d'un grand empire et la santé morale d'un peuple étaient incompatibles. Volontaire et efficace, il décida donc de se réorienter vers les tâches internes : la construction d'une économie stable, le développement du nord-est du pays…

Alexandre Soljénitsyne brosse le meilleur portrait de ce personnage hors pair : « La redingote noire boutonnée jusqu'au menton, droit comme le marbre et tendu d'assurance mystique, insupportable justement parce que ni déchéant vieillard naphtaliné, ni monstre, ni crétin, mais beau, conscient de sa force… »

En effet Stolypine, – « l'homme d'État le plus remarquable de la Russie impériale » selon la formule de l'historien américain Richard Pipes, – combinait avec brio intelligence étatique et savoir-faire politique. Bref, il avait les qualités d'un tsar mais justement... Ce sauveur potentiel de l'Empire commença à peser sur le monarque légitime.

Raspoutine, un autre « messie », fit alors son apparition à la Cour. Il savait donner l'illusion d'un lien direct entre le tsar et son peuple. Comme le tsar avait entendu des bruits sur l'inconduite du Sibérien, il demanda au commandant du palais, le général Dédiouline, de rencontrer Raspoutine et de lui donner son avis. Le général confia à Nicolas II que Raspoutine était un moujik intelligent, mais rusé et faux. Il nota également qu'il avait une puissance de suggestion qu'il savait utiliser. Sans en parler à l'empereur, le général chargea le chef de la police de Saint-Pétersbourg de mener une enquête.

Les agents secrets n'avaient jamais entendu parler de Raspoutine. Cependant, ils obtinrent rapidement la confirmation de sa mauvaise conduite. Depuis son village natal, le rapport envoyé par la police assurait qu'il avait débauché des femmes mariées et des jeunes filles. De plus, « il se rendait aux bains avec des filles de mauvaise vie ».

Stolypine occupait également les fonctions de ministre de l'Intérieur et à ce titre, c'est lui qui reçut le rapport. Il n'avait lui non plus pas encore eu vent de l'existence de Raspoutine. Mais dès qu'il fut informé de ces révélations, il alla voir le tsar et lui fit part de son indignation : « La vie de la famille impériale doit être pure comme le cristal. Si, dans la conscience populaire, une ombre vient à tomber sur la famille du tsar, alors toute l'autorité morale de l'autocratie s'effondrera et le pire pourra advenir. »

Gueorgui Chavelski, dernier aumônier de la flotte impériale, avait eu connaissance des frasques de Raspoutine. Il avait lui aussi conclu : « Les ennemis les plus vils et les plus acharnés du pouvoir tsariste n'auraient pu trouver plus sûr moyen de discréditer la famille impériale. »

Embarrassé, Nicolas II se défendit auprès de son ministre : « Ce n'est qu'un simple Russe, fort religieux et croyant, il plaît à l'impératrice par sa sincérité, elle croit en la force de ses prières pour notre famille et pour Alexis… »

Et voulant clore cette discussion, il ajouta : « Tout cela relève entièrement de nos affaires privées et n'a rien à voir avec la politique. Ne pouvons-nous pas fréquenter les personnes qui nous plaisent ? Il est étonnant de voir à quel point les gens aiment à se mêler de ce qui ne les concerne point ! » Néanmoins, ne voulant pas s'opposer à Stolypine sur un tel sujet, le tsar promit de ne plus voir le starets.

Stolypine resta méfiant. Il n'admettait pas l'influence qu'exerçait sur le couple impérial ce Sibérien mystique et fantasque. Raspoutine, de son côté, reprochait au Premier ministre sa méconnaissance de la Russie profonde. À l'insu du tsar, on renforça sa surveillance policière et on découvrit que, malgré la promesse du tsar, Raspoutine se rendait de plus en plus souvent au palais.

Stolypine décida alors, comme sa fonction l'y autorisait, de le faire déporter. Alors qu'il revenait de Tsarskoïe Selo, il devait être arrêté par la police. Toutefois, averti par un aide de camp du tsar, Raspoutine évita le piège et parvint à gagner son village natal. Il s'y fit oublier quelque temps et Stolypine considéra que l'affaire était réglée. Il déchira l'ordre de déportation.

Mais au bout de plusieurs mois, le Sibérien sollicita une audience au président du Conseil. Ce dernier accepta de le recevoir. Raspoutine se plaignit d'être persécuté, pourchassé, et affirma avec force son innocence. L'ordre fut donné de relâcher la surveillance et l'étrange starets revint à la Cour dès la fin de l'été. Ses frasques reprenant de plus belle, il se retrouva exilé à Kiev en septembre 1911.

Tandis que Raspoutine se promenait dans les rues de la ville, il vit passer la voiture impériale. Elle était suivie d'un second équipage, celui de Stolypine. En apercevant ce dernier, il s'écria, bouleversé : « La mort le poursuit ! La mort chevauche sur son dos ! » Cette funeste prophétie se réalisa le jour-même.

Alors qu'il assistait à une représentation du *Conte du tsar Saltan* de Rimsky-Korsakov, à l'opéra de Kiev, en présence de la famille impériale, le président du Conseil fut assassiné par Mordka Bogrov, un jeune anarchiste. Le tsar consigna dans son journal intime : « Au cours du second entracte, nous entendîmes deux bruits secs, comme si on avait laissé tomber un objet. J'ai pensé qu'une paire de jumelles était tombée sur la tête de quelqu'un. Stolypine s'était mis debout ; il tourna lentement son visage vers nous et fit le signe de la croix. C'est alors seulement que j'ai remarqué que sa main droite et son uniforme étaient tachés de sang. Il s'affaissa lentement sur son siège et commença à déboutonner sa tunique. »

Ce meurtre mit un terme à la stratégie de la contre-révolution et marqua la fin des réformes sociales. Quant à la situation internationale, elle devenait explosive.

Pourtant, rien ne laissait prévoir alors que la Russie allait glisser dans un régime totalitaire. Jamais le pays n'avait été plus prospère et libéral. Il s'était désormais rapproché d'une normalité bourgeoise à l'européenne.

L'économie était en pleine croissance : l'industrie lourde russe s'était développée de presque 75% en quatre ans à peine, entre 1908 et 1912 ; au même moment, la part des investissements étrangers avait diminué de moitié depuis 1905, ce qui laissait supposer une croissance proportionnelle du capital russe. La vie culturelle, brillante et admirée, s'inscrivait pour la première fois dans un apolitisme apprécié.

La Russie vivait le "siècle d'argent" des poètes prônant l'art pour l'art et la primauté de l'esthétique sur la morale. Les Ballets russes et Stravinsky occupaient le devant de la scène. Un groupe d'écrivains de Saint-Pétersbourg avait dénoncé en 1909 l'intelligentsia révolutionnaire dans le manifeste collectif *Vekhi* (Jalons). Ils ne puisaient pas leurs arguments dans la religion ni dans les conventions. Au contraire, ils invoquaient la plus haute culture et la plus complète liberté.

La guerre, en août 1914, anéantit cette brève période de bonheur. « En quelques jours, nous avons vieilli de cent ans », écrivit alors la poétesse Anna Akhmatova.

Le 1er août, l'Allemagne déclarait la guerre à la Russie. Raspoutine supplia le tsar de ne pas se laisser entraîner dans le conflit. La lettre qu'il lui adressa témoigne de son remarquable don de prophétie. Son style ne témoigne d'aucun brio mais d'un rare discernement.

« Cher ami, je te répéterai, une fois encore, ce que je t'ai dit : un nuage menaçant s'étend sur la Russie.

« Malheur ! Souffrances infinies ! Il n'y a pas de mots. L'horreur est indescriptible !

« Je vois que tout dépend de toi. On veut la guerre, mais probablement on ne comprend pas que c'est la perdition. Lourde est la punition divine quand Dieu nous enlève la raison. C'est alors le commencement de la fin. Tu es le tsar, le père du peuple. Ne laisse pas les insensés triompher et se perdre eux-mêmes ainsi que le peuple. On vaincra l'Allemagne, mais que deviendra la Russie ? En vérité, il n'y eut jamais depuis le commencement des siècles une martyre plus grande. Elle est toute submergée de sang. Tristesse sans fin.

Grigori. »

La guerre

Au début de la guerre, les premières victoires exaltèrent le patriotisme russe. Toutefois, la situation militaire se détériora rapidement : manque d'armement et d'approvisionnement, commandement indécis, hiver rigoureux. La guerre serait longue, ce qui affecta profondément le moral du pays. Les échecs de l'armée avaient été expliqués par l'espionnage, qu'on accusait d'être au service de l'Allemagne.

Mais à l'automne 1915, les deux tiers des soldats russes, disciplinés et entrainés, qu'on avait envoyés au front un an plus tôt, étaient morts. Les quatre cinquièmes des officiers avaient disparu avec eux.

L'état-major devait appeler des hommes plus âgés et moins formés. Deux ans après le début de la guerre, on comptait près de deux millions de morts ! Plus que l'Allemagne et la France n'en subiront chacune pendant quatre ans de conflit.

Les civils restés à l'arrière étaient confrontés au deuil et à l'exil. Des centaines de milliers d'habitants des régions les plus occidentales de l'Empire avaient été évacuées et invités à gagner la Russie profonde. D'autres évacuations étaient envisagées à Kiev et même à Saint-Pétersbourg, rebaptisée Petrograd par germanophobie en août 1914.

En 1915, Alexis Polivanov devint le nouveau ministre de la Guerre. Il décida de mettre en œuvre une « mobilisation totale », comme cela se pratiquait en Allemagne, en France et en Grande-Bretagne. Ses premières mesures de réquisition des vivres et des matières premières entraînèrent des pénuries, puis une inflation de près de 300% !

Impuissant face à ce désastre, le tsar lut dans ces événements la confirmation du mauvais sort qui le poursuivait. L'apogée de sa dynastie était derrière lui, il entrait dans les années de ténèbres et de souffrances. Déjà, en 1913, lors des fêtes du tricentenaire des Romanov, le tsar affichait une telle « gravité funèbre », selon le mot de Muriel Buchanan, fille de l'ambassadeur des États-Unis, que la foule massée dans les rues de Saint-Pétersbourg le long de son cortège n'avait pas osé l'acclamer.

En novembre 1916, l'universitaire français Pierre Pascal, chrétien mystique et futur compagnon de route des bolchéviks, fut présenté au tsar, au quartier général des forces russes, installées à Moghilev, en Russie blanche. Il confia : « J'ai vu l'empereur, petit, portant la barbe entière, noire, d'apparence physique maladive... Il m'a demandé si j'avais été au front en France. Puis il m'a regardé un instant, sans rien dire... L'impression de majesté que produit l'empereur ne vient pas de son physique ni d'aucun apparat, puisqu'il est tout simple, en uniforme de colonel, mais de sa gravité, où l'on perçoit la conscience de sa responsabilité, de sa divine mission. »

Nicolas II s'était installé à Moghilev l'été précédent. S'il avait certainement le dessein d'assumer son rôle de commandant des troupes, il avait aussi quitté le palais par désespoir. En partant, le tsar avait confié à la tsarine le soin d'être « ses yeux et ses oreilles » à Petrograd. Il n'attendait pas d'elle qu'elle dirige l'Empire à sa place. Mais très vite, le pays réalisa qu'il était désormais gouverné par l'impératrice associée à son « saint homme » : Raspoutine. Les ennemis du mystique devinrent de plus en plus nombreux, en particulier chez les politiques, les militaires et même dans le clergé orthodoxe, alors qu'il l'avait plutôt bien accueilli à son arrivée.

Son inconduite attisa la révolte. On répandit les pires calomnies sur son compte, tandis que la guerre tournait au désastre. En 1916, l'impératrice – d'origine allemande, rappelons-le – et Raspoutine furent accusés à la Douma de faire le jeu de l'ennemi et d'être des « espions à la solde de Berlin ».

Au palais, les jeunes grandes-duchesses, avaient été confiées à Sophie Tiouttcheva, petite-fille de Fiodor Tiouttchev, diplomate et certainement l'un des plus grands poètes russes. Mais la gouvernante venait d'être congédiée. Elle s'était opposée aux visites de Raspoutine dans les chambres des fillettes et avait dit à l'impératrice qu'elles se trouvaient en danger en sa compagnie. Elle voyait Raspoutine venir le soir au chevet d'Alexis et les jeunes grandes-duchesses se tenaient là, en chemise de nuit, riant avec le starets. Si cela pouvait paraître encore anodin, Sophie pressentait le danger de ces soirées en compagnie d'un homme dont l'attitude avec les femmes était peu recommandable.

La tsarine n'écouta pas sa gouvernante. Celle-ci obtint toutefois de l'empereur que Raspoutine ne monte plus à l'étage des enfants. Mais Sophie Tiouttcheva avait besoin de partager son souci. Elle s'en ouvrit à la grande-duchesse Élisabeth, sœur de la tsarine, chez qui elle avait été auparavant institutrice.

Sensible aux arguments de la fidèle servante, Élisabeth mena son enquête et mit elle-même sa soeur en garde. Mais la tsarine Alexandra la débouta elle aussi : « Ce sont des calomnies contre ceux qui vivent comme des saints ! »

Raspoutine baignait les enfants et restait à leur chevet jusqu'à ce qu'ils s'endorment. Il citait volontiers l'invitation de l'Évangile à faire pénitence, en ajoutant aussitôt : « Comment faire pénitence si l'on n'a pas tout d'abord péché ? » Il se justifiait alors en expliquant que la contrition parfaite implique une humilité totale. C'est donc en s'humiliant que l'homme se lave du péché d'orgueil.

Le successeur de Stolypine au poste de Premier ministre, le comte Kokovtsev, tenta également d'alerter le tsar sur l'influence malfaisante de Raspoutine. Il dut remettre sa démission. Le sort des ministres était entre les mains d'un bien étrange mystique.

« La Raspoutinerie »

Habile et séducteur, Raspoutine avait élargi son cercle d'influence au-delà de la famille impériale. Il s'était lié à des financiers comme les banquiers Rubinstein et Manus, qu'il côtoyait malgré leur rivalité, et s'était aussi rapproché de l'industriel Poutilov. Quant au Saint-Synode, instance suprême de la hiérarchie orthodoxe, il se scinda en « raspoutiniens » et « anti-raspoutiniens ».

Dépourvu de projet politique personnel, Raspoutine rejetait ou élevait au gré de ses humeurs. Il repoussait parfois avec brutalité les innombrables quémandeurs qui se pressaient pour solliciter ses faveurs. Ses choix se faisaient à l'“intuition”, scellés par une prière démonstrative. Ses protégés étaient très différents par leur caractère, leurs opinions, leurs coutumes. Ils avaient pour point commun de l'avoir un instant suffisamment séduit pour qu'il leur accorde un peu de son aura.

Sur la tsarine, l'influence de Raspoutine était immense. Il l'avait séduite par ses envolées mystiques et les justifications qu'il savait lui donner, même à ses pires dépravations. Le Sibérien avait en effet persuadé l'impératrice qu'il prenait sur lui tous les péchés de l'univers et que, par sa chute, il se purifiait. Cette explication, tirée de l'arsenal sectaire, avait fait grande impression sur Alexandra. Elle s'était plongée dans la lecture d'un ouvrage intitulé *Les fols en Christ de l'Église russe* et soulignait au crayon les passages sans équivoque qui traitaient de la sainteté passant à travers des dépravations sexuelles…

L'ambassadeur français Paléologue, qui rendit visite à la tsarine, la jugea dans « une sorte d'hypnose » devant le Sibérien : « Quelque opinion qu'il exprime, quelque volonté qu'il formule, elle acquiesce et obéit aussitôt : les idées qu'il lui suggère s'implantent dans son cerveau sans y rencontrer la moindre contradiction. »

Habituellement, Alexandra ne recevait pas Raspoutine au palais mais le voyait chez Anna Vyroubova, sa dame de compagnie, amie de longue date, toute dévouée au starets. Il continuait à disposer d'un appartement à Petrograd, mais il se rendait à Tsarskoïe Selo lorsque la tsarine souhaitait son conseil ou sa bénédiction. Elle l'interrogeait de plus en plus sur la politique. Alexandra, Anna et Grigori pouvaient rester enfermés durant des heures dans la petite maison de la dame de compagnie, à cent mètres du palais, pendant que la police montait la garde à l'extérieur.

L'ambassadeur Paléologue poursuivait sa cinglante analyse : « Comme l'empereur n'ose rien décider sans l'avis ou même l'assentiment de sa femme, ou plutôt son approbation, ce sont en définitive l'impératrice et Madame Vyroubova qui gouvernent la Russie. »

Lorsque Raspoutine s'absentait de la capitale, l'impératrice restait en relations télégraphiques avec lui. Elle se justifiait auprès du tsar en l'assurant qu'elle voyait en lui « un second Christ », confronté aux tentations du Diable qu'il lui fallait repousser. Si la presse gardait le silence, tout Petrograd bruissait de cette étrange relation. Raspoutine ne manquait d'ailleurs pas de s'en vanter ! Son comportement en public horrifiait la bonne société, provoquant scandale sur scandale sans susciter la moindre réprimande de la part de la famille impériale.

Ses détracteurs ont d'ailleurs utilisé une lettre dans laquelle la tsarine exprimait à Raspoutine des sentiments mal déguisés : « Mon bien-aimé et maître inoubliable, sauveur et guide, combien je me languis de toi. Je suis toujours sereine quand tu es près de moi, ô mon maître. Je baise tes mains et je pose ma tête sur ton épaule robuste. Que de légèreté, que d'aisance à cet instant j'éprouve. Un seul désir alors me vient m'endormir, m'endormir pour l'Éternité au creux de tes bras. »

Cette prétendue lettre avait même été publiée dans le livre d'un certain Illiodor, un ecclésiastique proche de Raspoutine avant de devenir son farouche adversaire. L'original de cette missive n'ayant jamais été retrouvé, elle semble avoir été créée de toutes pièces pour monter une manipulation posthume. Pourtant, Raspoutine se plaisait à laisser planer le doute sur les rapports qu'il entretenait avec la tsarine. Les agents de l'Okhrana, qui l'épiaient jusque dans les restaurants les plus renommés, ne se privaient d'ailleurs pas de rapporter ses frasques.

Le plus souvent, il dînait ouvertement dans une de ces riches salles où une table lui était aussitôt apprêtée. Ce soir-là, il avait pourtant choisi de souper dans un des cabinets particuliers, masqué par de lourds rideaux qui étouffaient le bruit des conversations. Il avait invité ainsi à l'écart deux directeurs de journaux de presse à scandale. Des chanteurs tziganes jouèrent pour ses hôtes qui commandèrent un repas de fête, tandis que Raspoutine se contenta d'un millefeuille – le « dessert Napoléon » des Russes – et de pirojki fourrés de confiture, le tout arrosé de vin de Madère dont il raffolait. Tous ces détails nous sont connus grâce au garçon d'hôtel qui rapporta cette soirée à la police. Il raconta comment, sous les cris de Raspoutine, les Tziganes entamèrent une danse effrénée autour de lui. Il demanda alors à leur orchestre de jouer un air de Donizetti avant de prononcer cette phrase si insultante pour la tsarine :

« Je fais tout ce que je veux d'elle, elle est obéissante ! » Et par provocation, « il exhiba même son énorme sexe », rapporta la police.

L'extravagance de Raspoutine se manifestait surtout lors de ses sorties en ville. Il aimait tout particulièrement traverser Moscou enneigée dans une troïka, accompagné de Tziganes ou de demi-mondaines. Il offrait au cocher son fameux vin de Madère et l'injuriait pour qu'il accélère, au risque d'écraser les passants. Il arrivait même que Raspoutine fouette lui-même les chevaux hors d'haleine, apostrophant au passage les piétons s'ils ne s'écartaient pas assez vite. Puis dans sa course effrénée, il exigeait un arrêt immédiat devant un magasin où il achetait toutes sortes de *zakouskis,* ces hors-d'œuvre russes aux saveurs variées : caviar pressé, filets de hareng, cochon de lait, saumon ou esturgeon fumé. Poursuivant sa course, il s'arrêtait ensuite devant un *traktir*, une de ces échoppes dans lesquelles il pouvait exiger un *bortsch*, la fameuse soupe ukrainienne qu'il additionnait d'un nuage de crème fraîche. Autour de lui la vodka coulait à flots, assaisonnée de citron ou de piments aromatiques. Il la faisait servir dans des verres d'argent ou de cristal spécialement commandés pour sa satisfaction personnelle.

Amateur inconditionnel de boisson et de bonne chère aux accents russes, Raspoutine s'adonnait également sans limite à sa convoitise sexuelle. Entouré d'admiratrices faciles à séduire, il passait d'une prostituée à l'autre sans la moindre retenue et sans aucun souci du scandale qu'il pouvait susciter. Désinvolte et méprisant, il se mettait à détester ces femmes dès qu'elles s'étaient données à lui. Il les rendait seules responsables de son « égarement spirituel ». On dit même qu'il se serait souvent contenté de rapports platoniques, faisant déshabiller ses partenaires sans les toucher.

L'une de ces femmes, Joukovskaïa, rapporta ces étranges paroles de Raspoutine : « Le péché nous est donné pour que nous puissions nous repentir, c'est la joie pour l'âme, la force pour le corps, tu comprends ? Sans péché, il n'y a pas de vie, parce qu'il n'y a pas de repentir, il n'y a pas de joie ».

Malgré les écarts de conduite que Raspoutine tenait à afficher, il est difficile de savoir quelle part de vérité existe dans ces nombreux récits contradictoires. Quand la commission d'enquête du gouvernement provisoire sera chargée de faire le point sur les circonstances de la chute du régime tsariste, elle lira scrupuleusement le « dossier Raspoutine ». Des dizaines de témoins seront interrogés. On examinera avec un grand soin les rapports des policiers ayant pour mission de veiller, vingt-quatre heures sur vingt-quatre, à la sécurité du « saint diable ». Ainsi, tandis que la Russie plongeait dans le chaos, les plus hauts dignitaires de l'État exploraient en détail les secrets d'alcôve d'un starets hors normes. À quoi peut tenir le crépuscule des civilisations…

Finalement, la commission parvint à la conclusion que les supposées orgies étaient des histoires imaginaires, tout particulièrement celles qui impliquaient les dames de la Cour. On en voulut pour preuve « l'examen médical approprié » passé par Anna Vyroubova, qui révéla qu'elle était toujours vierge. Pourtant, la confidente de l'impératrice, grande protectrice de Raspoutine, avait été accusée d'être son amante.

L'histoire russe vivait une tragédie et les élites hésitaient à prendre la mesure du drame, s'égarant dans des considérations de moeurs et d'étiquette. Cependant, en matière de rumeur, la perception que l'on a de la réalité compte bien plus que la réalité elle-même. Et, selon la formule de Michel Heller, si « en 1912, toute la Russie entend dire que Raspoutine est peut-être l'amant de la tsarine, en 1914, le pays en a la conviction ».

La commission étudia également les lettres remises à Rodionov par Iliodore. Ces missives étaient les seuls documents que Nicolas II reconnaissait comme authentiques. On y trouvait une lettre de l'impératrice, des courriers des quatre grandes-duchesses et un mot du petit Alexis. Seule la lettre de la tsarine à Raspoutine, que nous avons citée plus haut, comporte quelque ambiguïté, d'autant qu'elle est écrite en russe, une langue qu'elle maîtrisait mal. Mais pourquoi ce choix si elle avait voulu garder son secret ? Alexandra y tient des propos qui prêtent à confusion, certes, mais ne peut-on pas y voir la trace d'une exaltation mystique ? Cette hypothèse est d'autant plus plausible que la souveraine s'adressait habituellement à ses intimes dans ce style pathétique. Le mystère Raspoutine n'a pas fini d'interroger.

Le fatum

Le père Gueorgui Chavelski, dernier aumônier de l'Armée et de la flotte russes avait bien résumé la situation paradoxale du pouvoir en cette année 1916 : « La difficulté de combattre Raspoutine », écrivait-il dans ses *Mémoires*, « vient de ce que l'on doit moins lutter contre lui, que contre l'impératrice. » Le tsar étant parti au front, le pouvoir se retrouvait entre les mains de la tsarine. Et si Raspoutine n'avait pas de volonté politique, l'impératrice, elle, en avait une.

Toutefois, le couple impérial restait soudé. À partir de juin 1916, Alexandra se rendit régulièrement à la Stavka, le quartier général de l'armée. Elle s'isolait avec l'empereur toute une journée et exigeait de lui qu'il rende les décisions auxquelles elle tenait. Souvent, elle avait tenté auparavant de le persuader par écrit et ce qu'elle n'avait pu obtenir, elle venait le chercher.

Avant toute chose, la tsarine voulait préserver le pouvoir absolu de sa famille afin qu'il soit transmis, intact, à l'héritier. Enfermée dans le palais, habitée par sa foi mystique, elle voyait en Raspoutine, modèle à ses yeux du paysan russe, un lien direct avec le peuple et l'incarnation de leur avenir.

Attachée à la tradition et à l'ordre, la tsarine assumait sans état d'âme la dimension répressive de l'autocratie, confortée par son « cher ami » Raspoutine. Monarchiste et populiste, Raspoutine aimait la tsarine et voulait la sauver en sortant le pays de la guerre. Mais à la Cour, on considérait ce Sibérien d'un mauvais oeil et on n'hésitait pas à l'accuser d'être la cause principale du « délire politique » de l'impératrice.

Face à cette hostilité, Alexandra écrivit au tsar : « Le temps de l'indulgence et de la bonté est passé. Il faut les contraindre à s'incliner devant toi, à écouter tes ordres et à travailler comme tu le désires et avec qui tu veux. Pourquoi suis-je détestée ? Parce que l'on sait que j'ai une volonté ferme et que lorsque je suis convaincue qu'une chose est juste (et en outre bénie par Grigori Raspoutine), je ne change plus d'avis ; et cela, ils ne peuvent le supporter. »

Nicolas II perçoit bien que les interventions de son épouse nourrissent l'absence d'entente et de confiance mutuelle entre les ministres. Des propos tenus à la

Douma en témoignent et le tsar se demande s'il doit se séparer d'un de ses collaborateurs pour apaiser la tsarine et obtenir l'harmonie indispensable en ce temps de crise. Tiraillé entre ses conseillers et son épouse, le maître de l'empire ne saisit pas le compromis encore possible pour éviter le cataclysme.

Au début novembre 1916, quatre mois avant le déclenchement de la révolution, Nicolas II s'enferme à la Stavka avec son fils. Moins passionné qu'elle par les jeux du pouvoir, il écrit à l'impératrice avoir prié avec Alexis, « joué aux dominos puis cherché le chat qui s'était sauvé » et « ils se sont couchés tôt »...

Le 14 décembre, elle lui écrit encore : « Notre cher ami t'a demandé de dissoudre la Douma... Sois donc Pierre le Grand, Ivan le Terrible, écrase-les tous sous tes pieds... Tu dois m'écouter, chasse la Douma... »

Certains aristocrates, comme le Prince Youssoupov, imaginèrent alors un complot international ourdi par les Allemands ou par les milieux sionistes, qui auraient fait du starets l'instrument de leur intrusion dans les rouages de l'empire russe. D'autres dans l'entourage du couple impérial voyaient en Raspoutine l'Antéchrist qui amoncelait au-dessus de leur tête les malheurs d'une proche apocalypse.

Pourtant, l'Empire ne dut pas sa chute à un complot mondial mais à des jalousies internes. Raspoutine savait que la guerre contre l'Allemagne serait calamiteuse pour la Russie et la déconseillait à l'empereur, l'encourageant à trouver des accords pour l'éviter. Dans ce contexte, le « parti de la morale et du bon sens » ne fut pas le seul à vouloir éliminer le Sibérien ; le « parti de la guerre » prit une part décisive dans ce qui allait être le nouveau cours de l'histoire. Les rapports de police confirment que l'idée d'en finir avec cet homme avait germé d'abord chez des aristocrates proches de Nicolas II.

Désormais, la famille du tsar affichait publiquement son hostilité à Alexandra. La tsarine douairière envisageait même d'envoyer dans un couvent cette bru qu'elle n'avait jamais vraiment acceptée.

Inquiète de voir l'hostilité monter contre sa soeur l'impératrice, Ella quitta quelques jours son couvent de Moscou pour se rendre à Tsarskoïe Selo. Mais dès qu'elle prononça le nom de Raspoutine, la tsarine interrompit brusquement la conversation. Elle appela un domestique et lui ordonna de raccompagner sa sœur. Profondément choquée, la grande-duchesse se rendit directement au palais des Youssoupov, qui attendaient avec impatience les résultats de la rencontre familiale.

Ella entra dans leur salon en larmes : « Elle m'a chassée comme une chienne ! Pauvre tsar, pauvre Russie ! » Ella ne reverrait plus jamais sa sœur qui semblait bien décidée à garder Raspoutine pour toujours auprès d'elle.

Tandis que les familiers se demandaient ce qui pouvait avoir permis un tel ascendant sur la famille impériale, le grand-duc Dimitri confia au prince Félix Youssoupov ses conclusions personnelles. Il avait bien observé le tsar et il était convaincu que des drogues, administrées à son insu, paralysaient sa volonté. Raspoutine lui-même n'avait-il pas confié à Youssoupov que l'on donnait à l'empereur « un thé qui faisait descendre sur lui la grâce divine ». Il aurait même précisé : « Son cœur s'emplit de lumière, tout lui semble bon et gai. » C'est un Tibétain, Badmaïev, qui préparait le « thé » à partir d'« herbes fournies par la nature elle-même ». Si cette théorie propagée par le prince Youssoupov n'a jamais pu être vérifiée, elle donne une idée de l'atmosphère qui régnait à la cour impériale.

Les inimitiés se cristallisèrent contre Raspoutine. Le prince Félix Youssoupov s'affichait comme un de ses farouches adversaires. Son père Soumarokov-Elson avait épousé la dernière descendante des Youssoupov. Il appartenait ainsi à l'une des plus riches familles russes et il avait obtenu le droit d'en porter le nom ainsi que le titre pour qu'elle perdurât. Les Youssoupov possédaient de vastes domaines, des palais à Saint-Pétersbourg et à Moscou et la plus belle collection privée d'objets d'art et de bijoux.

Afin d'approcher sa future victime, le prince Youssoupov s'appuya sur une fervente admiratrice, secrétaire bénévole de Raspoutine, Maria Golovina. Il dévoila ses plans à son ami intime le grand-duc Dimitri, cousin du tsar Nicolas II. Il mit également dans le secret un homme de confiance, l'officier Soukhotine, en permission à Saint-Pétersbourg. Le docteur Lazovert et Pourichkevitch, un des dirigeants de la droite parlementaire, vinrent compléter le tableau. En 1927, le prince Félix Youssoupov donna sa version de cette soirée fatidique.

Même après plus d'un siècle, la mort de Raspoutine reste encore nimbée de mystère. De nombreuses interprétations s'affrontent. Longtemps, on a affirmé que le prince Youssoupov était l'instigateur et l'auteur du crime. Il semble pourtant plus vraisemblable que le grand-duc Dimitri ait achevé le Sibérien. Les autres complices n'auraient fait que le protéger, pour ne pas entacher les mains d'un possible candidat au trône. Dans les années 1920, le grand-duc Dimitri confirma d'ailleurs cette version des faits auprès de sa maîtresse Chanel comme envers Lifar, la vedette des ballets russes. Selon l'expertise, la dernière balle, mortelle, avait été tirée par « une main expérimentée ». Or le grand-duc Dimitri était un tireur d'élite et il est probable que ce soit lui l'ultime responsable de la mort de Raspoutine en ce 16 décembre 1916.

Le corps du starets fut repêché quatre jours plus tard dans la Neva.

Les Britanniques proches de Youssoupoff ne cachaient pas leur joie. Ils étaient extrêmement inquiets à l'idée que Raspoutine, profondément pacifiste, parvienne à convaincre le tsar de mettre fin à la guerre. Cette décision aurait largement favorisé les intérêts allemands. Avec cet assassinat, Londres prenait l'avantage. Toutefois, le retour de Lénine en Russie allait à nouveau battre les cartes et Berlin était en bonne position pour rafler la mise !

Le crépuscule des Romanov

Au début de l'hiver 1917, la tsarine Alexandra, effondrée, se rendit tous les jours sur la tombe de l'« ami ». Elle était maintenant soupçonnée d'entretenir des relations avec l'« esprit de Raspoutine » par-delà la mort et d'utiliser pour cela son ministre de l'Intérieur, Protopopov, que l'on disait médium.

Peu de temps avant sa mort, Raspoutine avait écrit à son secrétaire Simanovitch : « J'écris et je laisse derrière moi cette lettre à Saint-Pétersbourg. Je sens qu'avant le 1er janvier, je ne serai plus de ce monde. Je voudrais faire savoir au peuple russe, à Papa et à la Mère des Russes – [il a appelé ainsi Nicolas II et son épouse] – aux Enfants, à la terre de Russie, ce qu'ils doivent comprendre. Si je suis tué par des assassins communs, et en particulier par mes frères les paysans, toi, tsar de Russie, ne crains rien, demeure sur ton trône et gouverne ; tu n'auras rien à redouter pour tes enfants, qui régneront durant des siècles sur la Russie. Mais si je suis mis à mort par des boyards ou des nobles, et s'ils font couler mon sang, leurs mains demeureront à jamais souillées et, durant vingt-cinq ans, ils ne parviendront pas à le faire disparaître. Ils quitteront la Russie. Les frères tueront les frères, ils se haïront l'un l'autre et, durant vingt-cinq ans, il n'y aura plus de nobles dans ce pays. Tsar de la terre de Russie, si tu entends le son du glas t'avertir que Grigori a été tué, sache cela : si ce sont tes parents qui ont préparé ma mort, alors aucun membre de ta famille, c'est-à-dire aucun de tes enfants ou de tes parents, ne survivra plus de deux ans. Ils seront tués par le peuple russe. »

L'apparition de Raspoutine à la Cour avait été le signe de la faiblesse psychologique du couple impérial, du relâchement d'un pouvoir à bout de souffle. Lorsque la guerre avait été déclarée, Raspoutine était naturellement apparu comme l'une des causes majeures de la chute de la dynastie et de l'Empire.

Si certains espéraient encore éviter la disparition du monde ancien, février 1917 allait achever toutes leurs illusions. Certes, les manifestations pouvaient donner l'impression d'un grand élan populaire. Des orateurs passionnés haranguaient des foules en liesse. Ces journées de février-mars-avril 1917 – qui n'ont pas la même signification que celles de « la révolution d'octobre » – éclairent d'une lumière particulière l'histoire russe du XXe siècle.

Jusqu'à cette période, tout est encore possible : pendant plusieurs mois, la catastrophe n'est pas inéluctable, l'alternative a bel et bien existé ! La révolution de février 1917 était populaire, spontanée, déclenchée à l'improviste. Emportés par les événements comme par une avalanche, les protagonistes allaient renverser le cours de l'histoire malgré le rapport de forces nettement favorable au régime tsariste.

Cependant, Dieu a-t-il voulu que les choses se passent ainsi ? Dans son *Message d'Exil* de 1979, Soljenitsyne voyait dans la révolution russe un « dessein de la Providence » dont le sens secret ne pouvait être déchiffré qu'en acceptant la dimension mystique de l'événement. Sans la révolution russe, le monde aurait été métamorphosé par une autre révolution. Il était écrit qu'un changement radical devait advenir.

Néanmoins, la situation concrète à Petrograd pèsera lourd sur la balance de l'Histoire. La vie devint soudainement profondément dramatique : manque et files d'attente pour se ravitailler, manifestations et rumeurs, pillages et cambriolages.

Sur le front, ce fut pire encore. L'armée était complètement en déroute : les soldats désertaient, les chefs militaires avaient disparu, les ennemis fraternisaient sans l'accord de leur hiérarchie. Des soldats sans loi prenaient le pouvoir et semaient la terreur, sans parler de la tristement célèbre attaque au gaz des Allemands qui provoqua la mort d'une vingtaine de milliers d'hommes en quelques heures au bord de la rivière Stokhod.

Pourtant, un évènement insignifiant fut le déclic de la révolution russe : Nicolas II fait arrêter au début de l'année 1917 un obscur leader socialiste, Menchevik Gvozdev. Il donne par là même un coup d'arrêt à son « Groupe ouvrier » qui faisait de l'agitation dans les usines de plusieurs villes.

Mais cette arrestation met les ouvriers en colère. Une grande manifestation se prépare et les troubles révolutionnaires deviennent rapidement permanents à Petrograd. Ces mouvements ne sont pas spontanés, ils sont efficacement préparés par les bolchéviks. Toutefois, l'agitation demeure retenue dans la capitale, l'immense empire restant calme par ailleurs.

Le 7 février 1917, après trente-et-un mois de guerre, Nicolas II repart à Moghilev, au quartier général des armées situé à environ sept cents kilomètres au sud de la capitale. Le 23 février, les premiers troubles éclatent à Pétrograd, d'une façon presque banale : une révolte devant un magasin, un pillage, des appels à la grève, des heurts entre les ouvriers grévistes et les contremaîtres qui ne veulent pas débrayer…

Si cette journée d'hiver est lumineuse, elle n'en est pas moins glaciale. Il fait moins 40° et le grand froid paralyse les transports. La ville est privée de farine, elle manque de combustible pour faire fonctionner les fours des boulangers. La rumeur enfle : la capitale n'a plus de pain ! En réalité, Petrograd n'est nullement menacée de famine.

Cependant, les ouvrières sont astreintes à de longues queues devant les magasins. Afin d'apaiser les esprits, le commandant de la région militaire de Petrograd fait placarder des annonces assurant l'approvisionnement de la ville. Mais personne ne veut le croire. Dès lors, les grèves commencent dans le nord de la ville. De nouveau, des magasins sont pillés.

Une foule dense vient chaque jour déambuler sur la perspective Nevski, l'artère principale de ville. De nombreux ouvriers s'y retrouvent, abandonnant leurs usines en plein milieu de leur journée de travail. Ils réclament du pain. Un tramway est même bloqué par la foule…

Les forces de l'ordre ne cherchent pas à s'opposer aux manifestants. De toute la journée, on n'entend pas un seul coup de feu. On ne voit encore nulle part de drapeaux rouges et on n'entend aucun slogan.

Personne ne peut expliquer ces mouvements spontanés. Pourtant, la police secrète tsariste avait signalé au gouvernement des mouvements qui laissaient craindre un regain révolutionnaire.

Dès le matin du 24 février, la foule s'est donné rendez-vous dans les rues en plusieurs points de la ville. Ces rassemblements sporadiques s'apparentent à une sorte de promenade générale rassemblant déjà près de cent-cinquante-mille personnes. Des discours viennent stimuler et enhardir cette population inquiète.

Soudain éclate « le premier coup de feu de la révolution » sur la perspective Nevski : un coup de revolver tiré par un manifestant contre une patrouille de police. Puis un autre. Ce sera hélas le coup d'envoi d'affrontements violents et durables. Les fiacres sont attaqués, les tramways sont arrêtés. Un premier drapeau rouge jaillit au sein d'une foule.

Ailleurs, un jet de projectiles s'abat sur des policiers à cheval. Durant toute cette journée historique, les débrayages se généralisent. Deux cent mille ouvriers se mettent en grève. Il s'agit là des deux tiers des effectifs des usines de la capitale. Leur mobilisation met les machines à l'arrêt.

Pourtant, le calme semble revenir durant la soirée. Les magasins ferment avant l'heure pour ne pas risquer d'être attaqués. Les passants s'abstiennent de sortir dans les rues. La ville retient son souffle.

Mais le lendemain, les meetings, les agressions et les pillages repartent de plus belle. Les 26 et 27 février, c'est au tour des soldats de se mutiner contre l'ordre établi. Dès lors, une véritable psychose révolutionnaire s'empare de Pétrograd.

Le premier signe d'une véritable insurrection apparaît quand l'un des sous-officiers est attaqué sur la perspective Nevski sans qu'aucun de ses subordonnés ne réagisse. Puis un colonel de la police est lynché par des manifestants. D'autres officiers sont pourchassés et tués, sans réaction des forces de l'ordre, parfois même avec leur soutien actif.

Le souvenir du « dimanche sanglant » de 1905 était toujours présent dans les mémoires. Le pouvoir ne voulait pas prendre le risque de faire des victimes et les forces de police n'avaient pas le droit de se servir de leurs armes. La crainte de faire couler le sang comme en 1905 et l'effondrement de l'autorité du tsar sont perçus comme un véritable aveu de faiblesse. C'était le dernier signe qu'il fallait pour que l'action révolutionnaire prenne toute sa mesure.

Désormais, les rafales de mitrailleuses crépitent dans toute la capitale et les fusillades sont nombreuses. Les mutineries de soldats viennent ajouter à la révolte ouvrière sa dimension historique. Les troubles deviennent une émeute. Partout la police est écrasée, les drapeaux rouges se multiplient. Persuadée de la bienveillance des troupes, la foule cessa de craindre les forces de l'ordre et s'imposa.

Dès lors, le pouvoir appartient à la rue. Des centaines de soldats révoltés parcourent la capitale, des chiffons rouges accrochés à leurs baïonnettes. Les émeutiers saccagent le Tribunal civil et marchent vers le Palais d'Hiver. Ils libèrent tous les détenus de la Maison d'Arrêt. Dans leur course folle, ils dévalisent le dépôt de munitions d'une usine d'armement et pillent l'Arsenal. Ils y dérobent quarante mille fusils et trente mille revolvers.

Sept prisons sont ouvertes, laissant partir dans la nature de nombreux délinquants qui s'en vont piller la ville. Les officiers, désarmés par les révolutionnaires, ne veulent trouver d'issue qu'en se donnant la mort.

À la lumière de ces évènements, la charmante légende libérale vantant le caractère pacifique de la révolution de février, « la plus courte et la moins sanglante révolution de l'Histoire » masque la réalité. Ces quelques journées de février vont provoquer la mort d'au moins mille cinq cents personnes si l'on en croit la commission des victimes du régime totalitaire présidé par Alexandre Yakovlev qui a eu l'accès à ensemble des archives de la Fédération de Russie.

Le 27 février au soir, les autorités de la capitale sont désorientées et n'ont plus de forces en réserve. Les discussions entre les chefs militaires tsaristes se prolongent sans trouver de réelle solution. Les autorités choisissent finalement de concentrer toutes les forces restantes dans un seul bâtiment, l'Amirauté.

Si les magasins sont désormais mieux protégés, ce soir-là, cafés, restaurants, cinémas et théâtres sont tous fermés. On entend de nombreux tirs à travers toute la ville. Les officiers et les sergents de ville sont pris pour cible. Nombre d'entre eux sont tués, leurs appartements sont pillés et incendiés. Le gouverneur militaire de la ville lui-même est arrêté. Quant au téléphone, les relations sont elles aussi interrompues : les demoiselles du service ont fui pour rejoindre à leur tour les forces révolutionnaires.

L'abdication

Le pouvoir tsariste est désormais complètement paralysé. Le ministre de l'Intérieur, Protopopov, continue à minimiser la gravité des troubles. Néanmoins, les évènements contraignent les membres du gouvernement à se cacher. Ils se réunissent en Conseil dans l'appartement de fonction de leur président, le prince Golitsyne.

Le 26 février, un nouveau Conseil des ministres est convoqué dans la soirée mais tous ne sont pas présents. Le ministre de l'intérieur, toujours d'humeur guerrière, exige « la main de fer ». Il appelle à « une politique révolutionnaire de droite » qu'il est prêt à assumer. Il croit en son destin car un astrologue célèbre lui a prédit un avenir plein de succès. Mais le bilan de son activité ministérielle sera désastreux.

Dépassé par les évènements, le gouvernement prend des décisions surréalistes, comme « la dissolution de la Douma pour le lendemain ». Un nouveau Conseil des ministres aura lieu, toujours chez le président du conseil, non loin du Tribunal civil déjà mis à sac, au son des coups de fusils. Il faut aux ministres plus d'une heure pour se réunir. Le ministre de l'Intérieur arrive le dernier et il est accusé par ses collègues d'avoir raté sa mission. La fusillade se rapproche et les ministres décident de fuir un par un. Ils se donnent un nouveau rendez-vous pour l'après-midi au palais Marie.

Le Conseil des ministres y reprend à quinze heures, malgré quelques absents. Cette fois-ci, le ministre de l'Intérieur semble complètement abattu par le pillage de sa maison. On discute de la nécessité d'établir le pouvoir dictatorial et des concessions indispensables face à la situation tragique. Puis on exige la démission du ministre de l'Intérieur qui finit par accepter de la remettre et s'en va. Il s'enfuit seul, à pied, par le sud de la ville.

Les ministres décident alors d'envoyer au tsar un télégramme pour solliciter « l'instauration de l'état de siège, la désignation d'un dictateur populaire, la dissolution du cabinet et la nomination d'un président du Conseil disposant de la confiance de la société ».

En attendant, les habitants de la capitale se retrouvent livrés à eux-mêmes. Personne n'empêche les pillages ni dans les maisons des dignitaires, ni au buffet de la gare Nicolas. Les locaux de l'Okhrana, la fameuse police politique du tsar, sont littéralement saccagés. Les ralliements de soldats à la révolution se poursuivent.

Le lendemain, un brouillard dense et humide recouvre Pétrograd. Mais la forteresse Saint Pierre-et-Paul, principale citadelle de l'empire, hisse le drapeau rouge ! Un symbole pour toute la ville.

Sur les portes et les grilles du Palais d'Hiver, les aigles et les monogrammes impériaux sont arrachés. Les automobiles sont renversées, fracassées. L'escorte personnelle du tsar se rallie à la révolution. Sur le palais d'Hiver aussi, on hisse le drapeau rouge. La résidence emblématique des tsars n'est pas épargnée par le souffle révolutionnaire.

En ville, la foule procède elle-même à des arrestations et à des exécutions sommaires. Des délinquants récidivistes s'improvisent justiciers et sèment la terreur sur leur passage. Une nuit angoissante s'installe sur la capitale où tout est fermé.

Le 2 mars, un Gouvernement provisoire s'est formé. Le soleil étincelant qui se lève au bord de la Neva et l'air si pur semblent offrir aux habitants une magnifique journée. Les usines sont arrêtées, la foule dresse partout des drapeaux rouges et tous les drapeaux de la Russie ont disparu ! La rumeur de l'abdication du tsar se répand. On commence à brûler les armoiries impériales. Des réunions spontanées naissent un peu partout, accompagnées de vols et d'abus qui gâchent bientôt cet enthousiasme exubérant.

Mais où sont le tsar et la tsarine ? Barricadée dans son palais à Tsarkoïe Sélo, l'impératrice Alexandra est au chevet de ses enfants atteints par la rougeole. Elle multiplie les reproches de faiblesse à l'encontre de son mari. Alors l'empereur se résout enfin à plus de fermeté, d'autant qu'il dispose de renseignements sur un coup d'État en préparation.

Installé avec son armée, Nicolas II rythmait invariablement ses journées par les télégrammes et les lettres reçus ou envoyés à Alexandra, ainsi que par les offices religieux, les repas et les promenades. Mais sans son épouse, Nicolas est désemparé : en effet, la famille est pour lui ce qu'il a de plus cher au monde. L'évolution vertigineuse de la situation politique lui échappe complètement.

D'ailleurs, il est informé très tardivement, plus de quarante-huit heures après les événements. Un télégramme de l'impératrice l'avertit dans la soirée du 25 février que « les choses vont mal dans la capitale », mais d'autres télégrammes, envoyés par les membres du gouvernement, viennent le rassurer.

Alors le lendemain, il s'adonne sereinement à ses dévotions dominicales avant de se plonger dans une lettre de sa femme. Malgré son ton angoissé, l'empereur ne parvient pas à réaliser l'importance de l'insurrection. Il se soumet comme à l'accoutumée aux rituels immuables du déjeuner, abondamment arrosé de vodka, et de la promenade en voiture.

Un nouveau télégramme alarmant de sa femme arrive dans l'après-midi. Fidèle à ses habitudes, il poursuit son dîner et sa partie de dominos. C'est un autre télégramme inquiet, du ministre de la Guerre cette fois, qui va le faire réagir. Celui-ci annonce des fraternisations entre émeutiers et militaires. L'empereur rédige alors un ordre exigeant tout simplement de « mettre fin aux troubles dès le lendemain » !

Le 27 février, par un merveilleux matin de ciel bleu et de neige étincelante, l'impératrice apprend les nouvelles tragiques des journées passées. On lui annonce notamment la trahison des troupes d'élites comme celle des Cosaques. Elle ne parvient plus à joindre le ministre de l'Intérieur et s'étonne de son silence persistant.

Elle se résout à envoyer un nouveau télégramme à l'empereur, suivi d'un autre qui lui conseille d'accepter des concessions sans délai.

De son côté, le souverain dort paisiblement. Au réveil, il apprend que les deux Chambres ont suspendu leurs travaux. Il découvre alors avec stupéfaction le télégramme de Rodzianko, président du parlement, qui appelle les commandants militaires à faire pression sur le tsar.

Toutefois, le protocole a fixé l'heure de la promenade : l'empereur reprendra ces « questions urgentes » lorsqu'il sera de retour. À cet instant, ce souverain désabusé est isolé. Il n'a auprès de lui aucun conseiller ni même son épouse bien-aimée. Il doit prendre seul des décisions aux conséquences définitives.

De télégramme en télégramme, le tsar reçoit des informations qui devraient l'inciter à une action énergique. Mais au lieu de signifier des concessions immédiates, le tsar continue à hésiter. Il songe alors à envoyer des troupes vers la capitale pour « rétablir l'ordre ». Il sous-estime le danger et considère que la situation n'est pas aussi tragique qu'en 1905.

Le souverain prend alors le temps de répondre à une nouvelle lettre de sa femme. Il lui annonce son retour à Pétrogad le lendemain après-midi et il envoie la cavalerie de la Garde dans la capitale. Mais le ministre de la Guerre lui réclame d'urgence des forces bien plus importantes.

Alors, le tsar décide enfin d'envoyer des troupes des différents fronts. Nicolas II désigne à leur tête un homme d'expérience, le général Ivanov, nommé commandant en chef de la région militaire de Petrograd. Pourtant, même dans cette situation tragique, quand chaque minute compte, l'empereur n'annonce cette désignation qu'après le dîner, se pliant sans faillir aux règles immuables qui régissent ses journées.

Il prépare également pour l'impératrice un nouveau télégramme, à huit heures du soir. C'est à ce moment que Nicolas II reçoit une dépêche de son premier ministre – cinq heures après son envoi ! – l'appelant à décréter l'état de siège dans la capitale. Il lui demande également de nommer « un dictateur populaire » et de dissoudre le gouvernement en le remplaçant par un ministère « responsable ». Un dernier message anxieux de l'impératrice le décide à partir immédiatement rejoindre sa famille à Tsarkoïé Selo.

Pendant qu'on prépare le train impérial, on remet au tsar un message paniqué du gouverneur de la capitale se disant « incapable de rétablir l'ordre ». Malgré toutes ces informations troublantes, le train impérial avance lentement, à 40 km l'heure.

L'empereur ne se réveille qu'aux environs de midi, le 28 février. Le tsar apprécie le trajet et savoure avec délice l'ordre impeccable des gares traversées. Toutefois, il vient encore d'échanger des télégrammes avec sa femme et reste silencieux au dîner.

Coupé de la réalité tragique d'un pays en effervescence, ce souverain désabusé préfère vivre encore quelques instants dans l'illusion d'un pouvoir intangible. L'empereur finit par apprendre – toujours avec un grand retard – la prise du palais Marie par les émeutiers. Une nouvelle dépêche rédigée par quinze conseillers de l'empire lui décrit une situation apocalyptique à Petrograd. Mais le tsar ne veut pas y croire et qualifie cette dépêche de « délire de fous ».

Désormais, la mutinerie se déploie jusqu'à Tsarkoïé Sélo où des soldats révolutionnaires errent dans les rues, cherchant à se rapprocher de la résidence de l'impératrice. Les voies ferrées sont aux mains des émeutiers, mais les abords du palais restent apparemment calmes et les forces fidèles au gouvernement y sont encore importantes.

L'impératrice refuse catégoriquement d'évacuer sa résidence car son fils, héritier du trône, et ses filles, sont fiévreux et malades. L'aide de camp du tsar et même le grand-duc Paul l'abandonnent. Les domestiques des souverains se montrent de plus en plus inquiets. En effet, la situation s'aggrave d'heure en heure. La garnison de Tsarkoïé Selo se mutine, les dernières forces fidèles rallient le gouvernement provisoire en cours de constitution.

L'impératrice perd alors son aplomb légendaire : elle veut éviter à tout prix l'effusion du sang et cherche à négocier. À dire vrai, la tsarine est exténuée. Elle a maigri et vieilli, selon le témoignage de l'ambassadeur français, « d'une dizaine d'années en quelques jours ».

Le 1er mars, le commissaire aux Voies de

communication du nouveau gouvernement décide de bloquer le train impérial. En attendant, le tsar dort à nouveau. Il reçoit peu de nouvelles de Petrograd.

Finalement, le chef d'état-major de l'empereur, le général Alexeïev, le convainc de faire quelques concessions – qui portent sur les ministères d'importance secondaire. Le souverain accepte également de recevoir le président de la Douma à l'arrêt suivant. Ce dernier ne viendra jamais au rendez-vous. Cette fois, Nicolas II s'inquiète. Il comprend enfin qu'il ne contrôle pas la situation.

Soumis aux fortes pressions, il accepte peu après minuit « un ministère responsable » et ordonne l'arrêt des troupes envoyées sur la capitale. Mais il est trop tard : le président de la Douma exige maintenant son abdication pure et simple. Abasourdi, Nicolas II se rebiffe.

Cependant, prenant conscience que le pouvoir lui échappe, l'empereur essaye de gagner du temps et laisse se dérouler le rituel habituel du repas. Puis il reçoit les messages du grand-duc Nikolaï Nikolaïevitch et de trois des grands chefs militaires qui lui demandent d'abdiquer. Cette unanimité l'anéantit : il n'y aurait donc pas d'autre issue pour le salut de la Russie que l'abdication du tsar ? Au quartier général, le chef d'état-major consulta tous les commandants des différents fronts. Et tous, sauf un, se prononcèrent pour le départ de Nicolas II.

À trois heures cinq de l'après-midi, le tsar rédige son fameux télégramme adressé à la Stavka, son quartier général – et au président de la Douma. Incapable de prendre la mesure de ce qu'il se passe, il y annonce son abdication en faveur de son fils à condition qu'il reste auprès de lui jusqu'à sa majorité et moyennant la régence de son frère le grand-duc Michel.

Un peu plus tard, on lui annonce l'arrivée imminente de deux députés influents de la Douma, Goutchkov et Choulguine.

Nicolas II prend conscience du tragique de la situation à la lumière de ses concessions : en effet son fils, gravement malade, n'atteindra sans doute jamais sa majorité. Il comprend aussi qu'après son abdication, on ne laissera pas l'empereur vivre auprès de lui pour ne pas le garder sous son influence. Or ce malheureux souverain ne peut pas même imaginer d'être éloigné de sa famille, surtout de son fils souffrant. C'est à ses yeux bien pire que de perdre le trône et il en a d'ailleurs fait la condition *sine qua non* de son abdication.

Alors, il recommence à douter.

Il demande à un général, qui n'a pas encore envoyé les télégrammes d'abdication, d'attendre l'entrevue annoncée avec les députés car il veut rediscuter de cette décision. Ce dernier, d'accord pour attendre, ne lui restitue cependant que le télégramme destiné au quartier général des armées et refuse de rendre l'autre.

Devant les députés venant lui faire signer l'acte d'abdication, le tsar revoit sa position et déclare accepter d'abdiquer mais, ne pouvant se résoudre à se séparer de son fils, il renonce finalement au pouvoir en faveur de son frère, le grand-duc Michel.

Certains lui soufflèrent de rallier des troupes fidèles pour reconquérir la capitale. Mais Nicolas II se refusait à « tuer ses compatriotes ». De plus, il est désemparé en apprenant que, selon le docteur Fedorov, les chances de survie de son fils sont faibles. Il se résout enfin à remettre officiellement le trône et signe son acte d'abdication le 3 mars 1917 :

« Ne voulant pas nous séparer de notre fils bien-aimé, écrit-il dans son acte d'abdication, nous léguons notre héritage à notre frère, le grand-duc Michel Alexandrovitch. […] Nous lui demandons de gouverner en pleine union avec les représentants de la nation qui siègent aux assemblées législatives et de leur prêter un serment inviolable au nom de la patrie bien-aimée. »

Nicolas II ne réalise même pas que la lettre et l'esprit des lois de succession lui interdisent de prendre une telle décision, car il n'a pas davantage le droit de renoncer à son trône à la place de son fils mineur que de le transmettre à Michel sans son consentement.

Aux envoyés de la Douma qui lui avaient demandé d'abdiquer en faveur d'Alexis , Nicolas II répondit : « Je pense que vous comprendrez les sentiments d'un père… » Avant de se retirer, il signa aussi un décret nommant le prince Lvov à la tête du gouvernement.

Après avoir signé cet acte, Nicolas II réclama la possibilité de regagner enfin Tsarkoïé Sélo. Mais on le fit repartir aussitôt pour le quartier général des armées à Moghilev. Seul dans son wagon, il pleure et prie.

À son retour, le chef de l'État-major l'informa de l'abdication du grand-duc Michel. Ce dernier avait accepté de devenir le successeur de Nicolas II, puis avait renoncé au trône au bout de quelques heures, préférant attendre qu'une assemblée constituante fixe le nouveau régime.

La fin de la dynastie des Romanov venait de sonner.

Et la révolution fut !

Ainsi les révolutionnaires avaient obtenu le départ du tsar.

L'empereur déchu n'a plus d'invités à sa table. Après sa renonciation, il écrivit dans son journal : « Tout n'est autour que trahison, lâcheté, duperie. » Pour la dernière fois, il écoute ce 4 mars au matin le rapport quotidien de son chef d'état-major.

Cette nuit, il a bien dormi. Il reçoit un seul appel téléphonique, puis un nouveau télégramme de sa femme. Mais la route vers la capitale lui reste interdite. Son seul désir est de retrouver les siens. Il caresse le rêve illusoire de partir immédiatement pour la Crimée, puis pour l'Angleterre, chez son « cher » cousin, le roi Georges.

À Moghilev, il fait ses adieux à l'armée. C'est là qu'il vit une dernière fois sa mère venue de Kiev pour le saluer. Mais cette femme volontaire le juge très sévèrement. Furieuse, elle tente de le convaincre qu'il doit réparer sa terrible erreur : selon elle, « le trône était vacant » et son petit-fils Alexis, qui n'a pas abdiqué, reste l'héritier légitime. Elle réussit à convaincre son malheureux fils de faire une nouvelle volte-face et d'envoyer un télégramme au premier ministre du Gouvernement provisoire pour indiquer qu'il abdique finalement en faveur de son fils, comme il l'avait d'abord envisagé.

Mais cette fois-ci, le chef d'état-major Alexeïev, habituellement si calme et complaisant, devient inflexible et refuse catégoriquement de faire partir le message. Alors, en ce dimanche ensoleillé, Nicolas II se rend à l'église, aux sons d'une Marseillaise. Même le diacre omet les références et les prières dédiées traditionnellement au souverain !

L'empereur déchu voit disparaître progressivement ses proches. Son entourage, menacé, doit quitter le quartier général. Il retrouve le général Ivanov, qui rentrera à Moghilev après avoir échoué à reprendre le contrôle de la capitale. Ce militaire désorienté lui racontera son émouvante entrevue avec l'impératrice.

Nicolas II n'en veut plus à personne et surtout, il ne souhaite pas l'échec du nouveau gouvernement. Sincèrement, il « veut sauver la Russie en évitant l'effusion du sang ». Dans ce contexte dramatique, l'empereur reste un vrai chrétien. Trop sans doute pour occuper le trône des tsars.

Pendant ce temps, barricadée à Tsarskoie Selo, sa femme prie sous le portrait de sa « sœur cachée », la reine de France Marie-Antoinette, suspendu au-dessus de son bureau. Elle relève le parallèle étonnant entre leurs destins. Elle décide de brûler ses journaux intimes et tous ses échanges épistolaires avec son auguste mari depuis vingt-deux ans, soit 653 lettres, toutes numérotées.

Les militaires viennent alors arrêter l'impératrice dans le palais en prétendant qu'il s'agit d'une mesure de protection contre les révolutionnaires. Le gouvernement provisoire préféra faire porter la responsabilité de cet acte à l'armée.

Le 8 mars, le chef de d'état-major annonce au tsar qu'il est aussi arrêté. Le souverain déchu réagit d'une manière étonnante en pensant qu'il s'agit d'« une simple formalité » et invite les commissaires chargés de son arrestation à sa table pour le dîner.

Paradoxalement, cette arrestation le rend « heureux » car il peut désormais partir vers Tsarkoïé Selo. En effet, Nicolas II a hâte de retrouver sa famille et réfléchit déjà à des mesures pratiques pour leur prochain déménagement à Londres où il veut « tout oublier ».

L'empereur déchu effectue son dernier voyage sans les fastes d'antan, toujours dans son train impérial, mais avec une suite très réduite et inquiète par la perspective d'une arrestation imminente. Des soldats portant des chiffons rouges ne manquent d'ailleurs pas d'intercepter son véhicule lorsqu'il arrive au palais. L'impératrice reconnait à peine son mari devenu en l'espace de quelques semaines « une sorte de vieillard » à la peau bistre, creusée d'une multitude de rides, avec des ombres noires sous les yeux, des tempes blanches, et une démarche incertaine, lente et déséquilibrée.

Enfin réunis, Nicolas et Alexandra prient et pleurent ensemble. La tsarine croit encore au miracle. Mais deux insurgés interrompent grossièrement leur promenade dans le parc et les ramènent à la dure réalité. Dans ce contexte, la majorité des membres de l'entourage direct du tsar retournent leur veste. Les aides de camp préfèrent partir, comme presque tous les domestiques de l'empereur, et même leur aumônier.

Restent quelques domestiques qui accompagnaient l'impératrice : Lily Dehn, son amie de toujours, qui a choisi de demeurer auprès d'elle aux dépens de son propre fils ; Gillard, le précepteur du fils de l'empereur ; Dolgokourov, le grand-maréchal de la Cour et le docteur Botkine, qui seront tous assassinés à Iekaterinbourg en 1918 avec la famille impériale.

Les augustes détenus sont soumis à un régime sévère, sans téléphone, avec ouverture de leur correspondance, autorisation préalable des visites par les autorités révolutionnaires et accompagnement de leurs visiteurs. Des insurgés excités errent dans le palais et dans le parc, montrant ostensiblement leur hostilité envers la famille impériale avec une telle animosité que leurs propres chefs en sont troublés.

Paradoxalement, Nicolas II n'éprouve plus ni rancune ni remords. Malgré l'atmosphère tragique, l'empereur déchu semble apaisé. Il a retrouvé sa tranquillité légendaire propre à son caractère et il se montre surtout soucieux de la maladie de ses enfants.

Les jours passent. La famille impériale devient de plus en plus inquiète de son sort et s'étonne du silence de « leur cher cousin George », roi d'Angleterre. En réalité, le souverain et le gouvernement britanniques sont réticents devant la perspective de l'installation de la famille impériale russe en Grande-Bretagne.

En attendant, le tsar déchu suit les évènements à Petrograd, lit la presse et brûle ses papiers personnels comme l'a déjà fait l'impératrice. Il espère toujours partir pour la Crimée « avant l'été » ou même s'établir comme simple paysan « quelque part dans la Russie profonde, dans le plus humble coin de son pays… plutôt que d'aller s'exposer en Occident ».

En aucun cas il n'envisage, même si l'occasion se présente, de reprendre le pouvoir suprême ! Ses rapports avec les gens se sont apaisés car l'hypocrisie et les intrigues propres à la cour des tsars ont disparu. Désormais Nicolas II devient serein car plus que jamais, il croit être guidé par Dieu, persuadé que son destin et l'avenir de la Russie sont entre les mains de la Providence et qu'il doit s'incliner devant sa volonté.

Cette quiétude contraste avec la fièvre qui envahit maintenant non seulement Petrograd et Moscou, mais toute la Russie. En effet, les nouvelles sont inquiétantes. Elles confirment l'extension rapide des évènements à tout le pays. Les troubles s'étendent d'une manière vertigineuse, avec leur lot de pillages, de révoltes paysannes, de justice expéditive. Viennent les premières saisies de terres et de biens des propriétaires qui fuient devant les révolutionnaires.

Désormais, la Russie entière est en ébullition. La manifestation la plus franche de l'émancipation de la société civile est la création spontanée de soviets (conseils) d'ouvriers, de paysans, de soldats ou de marins, qui couvrent en quelques semaines la quasi-totalité du pays. Ces assemblées élues, déjà expérimentées pendant la révolution de 1905, pallient la faiblesse des organisations habituelles en Occident (partis, syndicats). En raison de la longue répression tsariste, ce sont des organes qui entendent exercer un pouvoir autonome face au gouvernement provisoire.

Sur cette toile de fond, Moscou et Petrograd devinrent une sorte de gigantesque place de réunions à ciel ouvert, avec des discussions fiévreuses dans toutes les rues. À dire vrai, le printemps de 1917 est noyé sous le flot des mots.

Des limousines, dont les Rolls-Royce réquisitionnées des grands-ducs, et des voitures blindées sillonnent les rues de la capitale emplies d'ouvriers, de jeunes filles à demi dévêtues et de soldats agitant des drapeaux et brandissent des fusils.

Le gouvernement provisoire abolit la peine de mort, ouvre largement les prisons, permet le retour des exilés de toutes opinions, notamment de Lénine. Il proclame les libertés fondamentales de presse, de réunion, de conscience – déjà acquises dans les faits depuis février. L'antisémitisme d'État disparaît. L'Église orthodoxe, sous tutelle depuis Pierre le Grand, peut réunir librement un concile qui, à l'été 1917, restaure le patriarcat.

Les presses tournent à plein régime et produisent des flots de journaux qui présentent les divers courants de pensée politique. Elles diffusent des pamphlets franchement pornographiques évoquant « la nymphomanie et la lubricité lesbiennes de l'impératrice déchue et ses orgies avec Raspoutine ». La police détestée avait disparu et on avait détruit les aigles bicéphales, symboles du pouvoir tsariste.

Le quartier général bolchévique occupe à présent la demeure « entachée de péché de cette concubine tsariste », Mathilde Krzesinska : « cet antre du luxe, des honneurs et des diamants, situé face au Palais d'Hiver », selon la formule de Trotski.

Alors qu'il était déjà héritier du trône, cette ballerine polonaise était devenue la première et la seule véritable maîtresse de Nicolas II. Il l'avait sincèrement aimée. Puis, lorsqu'il rencontra Alix de Hesse et s'éprit d'elle, celle qui allait devenir la future impératrice Alexandra continua à soutenir l'ascension de la danseuse, jusqu'à ce qu'elle accède au titre convoité de première ballerine des théâtres impériaux.

Agile de corps mais aussi d'esprit, Mathilde s'engagea dans « un ménage à trois impérial » avec ses deux amants, les grands-ducs Sergueï et Andreï Romanov. Passant de la couche de l'empereur à celles des grands-ducs, Krzesinska mena une carrière d'étoile bâtie grâce aux faveurs impériales. Elle se constitua également une collection de diamants et de résidences qui culmina avec la construction de sa propre demeure.

De style moderne, elle affichait des planchers parquetés, des lustres de cristal et d'immenses miroirs. Sa maison abritait une salle entièrement blanche meublée de consoles de marbre et de canapés aux accoudoirs dorés. Les murs étaient tapissés de soie damassée, des rideaux de velours ornaient les fenêtres. Il y avait également un petit salon Louis XVI aux murs jaunes. Une salle de bains en marbre blanc, aux murs couverts d'une mosaïque bleu et argent, offrait une baignoire encastrée dans le sol qui ressemblait à un bain grec.

Comme le disait une chanson populaire, « sans épargner ses jambes, elle s'était fait un chemin en dansant jusqu'au sein d'un palais ». Cette demeure est devenue aujourd'hui le musée de l'Histoire moderne russe.

Le gouvernement provisoire semblait avoir le vent en poupe. Cependant, le retour de Lénine sur le sol russe allait modifier une nouvelle fois le cours des événements. Lénine avait décidé qu'il fallait combattre ce pouvoir improvisé. Mais les bolchéviks, comme témoigne un de leurs leaders emblématiques Léon Trotski, « étaient aussi peu préparés à l'offensive de Lénine qu'ils l'avaient été à la Révolution de février ».

La revanche de Lénine

Au printemps 1916, la guerre mondiale battait alors son plein. Lors de la chute du régime tsariste, Lénine se trouvait à Zürich. Il terminait la quarante-septième année d'une vie monotone, consacrée pourtant à son unique passion : l'action révolutionnaire.

Cette obsession commençait même à saper son habituelle énergie. D'après ses analyses, si la révolution ne se faisait pas maintenant, elle ne se ferait jamais. En janvier, bloqué en Suisse, le leader bolchévique pensa encore que sa vie était gâchée. Il imaginait déjà que « seules les prochaines générations connaîtraient le triomphe de la révolution russe ». Cette perspective le mettait en colère et en entendant les vociférations de son époux, même la femme de Lénine pensait qu'il avait perdu l'esprit.

Les bolchéviks n'avaient alors aucun espoir de renverser le gouvernement provisoire. Audacieux s'il en est, Lénine n'était toutefois plus dans le coup. D'ailleurs, en février 1917, il avait accepté des compromis qui contrevenaient à son programme radical. Toutefois, il ne tarda pas à se reprendre et à revenir à ses principes dès le mois d'avril.

Par-delà les apparences et la mythologie qui s'est ensuite développée autour de lui, il serait difficile de trouver dans l'histoire un homme politique qui ait autant contribué à la défaite de son propre pays. La détermination du leader des bolchéviks à saper le jeune pouvoir révolutionnaire était impressionnante. Selon Lénine, seuls l'effondrement du tsarisme mais aussi la défaite militaire de la Russie pourraient permettre la prise du pouvoir par le parti.

Au début de 1917, sa prédiction pour l'avenir de la Russie est sombre. Le gouvernement en place est profondément libéral, de mèche avec le tsar. Ce n'est rien d'autre qu'un régime bourgeois instauré pour les trente années à venir.

Mais Lénine est avant tout un homme volontaire. De ce point de vue, il est aux antipodes de Nicolas II, toujours si doux et velléitaire. Après son exil de dix-sept ans, le leader bolchévique se languit de revenir à Petrograd ou il espère brusquer les événements et créer une situation à la hauteur de ses ambitions.

L'organisateur du retour de Lénine en Russie fut un personnage original. Il s'agit du socialiste russo-allemand d'origine juive Alexandre Helphand dit Parvus. Son énergie destructrice hors du commun et la haute idée qu'il se faisait de son influence lui faisaient affirmer qu'il était l'instigateur secret des deux révolutions russes de 1905 et de 1917.

Pendant des années, cet étrange personnage s'immisça dans les milieux révolutionnaires de toute l'Europe. Il y était connu sous le nom d'Alexandre Lazarevitch Parvus – l'humble, en latin ! Il maîtrisait parfaitement les cultures russe et allemande, mais c'est de la social-démocratie qu'il se revendiquait. Au contact du parti bolchévique, il inventa la théorie de « la révolution permanente ». Elle allait devenir la clef de voûte de l'édifice idéologique agencé par son ami Léon Trotski, le fondateur de l'armée rouge.

Parvus était un homme insaisissable, un mélange de théoricien, politicien et homme d'affaires. Ni tout à fait bolchévique, ni vraiment menchévique, il se posait en « desperado révolutionnaire ». À dire vrai dire, il était l'un des rares devant lequel Lénine se sentait « mal à l'aise » car il ne parvenait pas à le ranger dans ses catégories de pensée. Riche marchand, courageux combattant de 1905, cet agent bien rémunéré des services secrets allemands était à la fois un révolutionnaire convaincu, un séducteur… et un escroc.

Les révolutionnaires russes avaient la particularité de vivre dans un dédoublement de la personnalité frôlant « la schizophrénie politique ». Parvus n'échappait pas à cette étrange règle.

Son vrai nom était Helphand. Il était né en 1867 dans une famille d'artisans originaires de la province de Minsk, la capitale de la Biélorussie. Bien que d'origine modeste, il fit de brillantes études, d'abord à l'école à Odessa, puis à l'université de Berne, en Suisse. Dès l'âge de quatorze ans, il fut à jamais marqué par la haine de la monarchie russe en voyant les nombreux pogroms, à ses yeux « symboles du mal absolu ». Désormais, il consacrerait sa vie à tenter de détruire ce pouvoir inique.

Pour Soljenitsyne, Helphand était le « père de la Première Révolution » russe, dont il avait montré le chemin en 1904 dans un article que fit paraître le journal bolchévique *L'Étincelle*. Pendant vingt-cinq ans, cet homme avait voyagé à travers l'Europe. En Suisse, au début du XXe siècle, Parvus rencontra deux grandes figures de la social-démocratie mondiale : Bebel et Rosa Luxembourg. Polyglotte, homme d'affaires habile, il dirigea le journal socialiste *Arbeiter Zeitung* puis devint le collaborateur régulier du journal léniniste *L'Étincelle*.

Les gauches du monde entier furent séduites par sa théorie de la révolution permanente. Dans son esprit, la révolte mondiale ne pouvait pas triompher par la terreur. Cette stratégie avait été expérimentée sans succès. Lui-même avait pris part dans sa jeunesse au célèbre groupe terroriste « Volonté du peuple ». Le seul moyen qui pouvait permettre l'installation d'une révolution durable était la grève car elle entraînerait la paralysie de l'économie, la famine et la guerre. Bien avant l'heure, il prévoyait la division du monde en deux blocs. Il en avait acquis la conviction que, pour arriver à la révolution, il fallait une guerre mondiale. En 1904 déjà, il prédisait la fin des frontières dans le contexte d'une industrie mondialisée elle aussi.

Persécuté en Russie, il avait été expulsé de France puis interdit de séjour en Angleterre. Il s'était alors installé à Munich, grâce à la complicité d'amis socialistes allemands.

Bientôt, la révolution de 1905 éclata en Russie. Elle lui offrit un terreau de choix pour donner libre cours à ses théories expérimentales. Son jeune ami Léon Trotski vit en lui le « plus éminent marxiste à la frontière des deux siècles ». Avec Trotski, Parvus appelle, dès le carnage du Dimanche rouge de janvier 1905, à la création d'un gouvernement ouvrier. Il est l'initiateur du premier "Soviet" des députés ouvriers de Saint-Pétersbourg. Lénine, lui, n'a pas pris part à cette révolution. Il en a d'ailleurs attribué l'échec à Parvus, en lui reprochant de ne pas avoir associé à ce premier Soviet, « dès le lendemain », le soutien d'une organisation armée répressive.

Les évènements de 1905 allaient confirmer Parvus dans ses idées : de fait, la grève générale deviendrait un puissant moyen pour amorcer le mouvement révolutionnaire. Quand les désordres sociaux commencèrent dans la capitale de l'Empire dès janvier, il revint en Russie pour devenir l'éditeur de la presse révolutionnaire.

Trotski, puis Parvus, dirigèrent à tour de rôle le Premier Soviet des députés du peuple de Saint-Pétersbourg. Les principales unions professionnelles se créèrent à travers tout le pays ; le drapeau rouge fut hissé sur le cuirassé Potemkine ; les partis révolutionnaires et les syndicats organisèrent la première grève politique générale de l'histoire de la Russie qui devait aboutir à l'insurrection armée.

Décrivant avec lyrisme ces jours d'exception, Parvus déclara : « Trotski et moi-même, nous étions les deux cordes de la harpe sur laquelle se jouait la tempête de la révolution. »

On se souvient que le 17 octobre 1905, Nicolas II avait signé un document marquant formellement la fin du pouvoir absolu en Russie. À cette concession historique s'étaient ajoutés l'usage de la force et les réformes proposées par Stolypine. Ainsi avait été anéanti le mouvement de révolte et les révolutionnaires avaient dû fuir à l'étranger.

1907-1908 fut la période la plus secrète de la vie de Parvus. Établi à Munich, il mit entre parenthèses ses idéaux politiques et s'occupa davantage de ses affaires. Il devint rapidement l'un des financiers les plus en vue de la capitale bavaroise. On s'interrogeait sur la provenance de son argent et des accusations d'escroquerie le poursuivaient. Ainsi Maxime Gorki, qui lui avait confié la collecte des recettes de sa pièce à succès *Les bas-fonds*, se plaignait de lui. Parvus devait garder 20%, donner 40% aux bolchéviks et 40% au dramaturge. Or, il empocha la totalité des sommes et avec son insolence légendaire, affirma avoir « tout dépensé en compagnie d'une mystérieuse beauté italienne ».

Une autre accusation parvint cette fois du milieu révolutionnaire clandestin. On lui reprochait d'avoir extorqué des fonds durant l'intérim de la présidence du Soviet de Saint-Pétersbourg.

« *Nitchevo* ! Ce n'est pas grave ! », répondait Parvus à ses accusateurs. Et il poursuivait sans vergogne son avancée dans les eaux troubles de l'affairisme mondial. Les sociaux-démocrates allemands le bannirent et Rosa Luxembourg cessa tout rapport avec lui. Seul Trotski continua à le côtoyer, non sans prendre un peu de distance avec lui : il publia en effet dans le journal bolchévique *Notre mot* un article présentant son « ami » comme « un homme du passé ».

Car à cette époque, Parvus pensait à son propre avenir et surtout à sa fortune. Au début du printemps 1910, il était à la tête d'un confortable pécule de cent trente mille marks or. Il décida alors d'embarquer pour Istanbul.

Un soir, au cours de la traversée, il rencontra une femme en robe et escarpins blancs, pourvue d'une immense coiffure et enveloppée dans un grand châle. Avec ses 150 kg, ses bottines à boutons laqués, son manteau en cachemire et son chapeau haut de forme, il était plus imposant qu'élégant. Pourtant, un quart d'heure plus tard, notre révolutionnaire dînait en compagnie de la jeune femme. Et au creux de la nuit, il l'invitait à l'accompagner dans sa cabine.

Elle s'était présentée sous le nom de la comtesse Benvenuto de la Pietà. De fait, il s'agissait d'une courtisane installée à Istanbul où elle possédait toutes ses entrées. Parvus profita des relations de sa maîtresse pour refaire sa vie d'homme d'affaires en Turquie. Il devint rapidement le confident du tout Istanbul et s'avérait une source précieuse d'information pour l'ambassadeur d'Allemagne. En cinq ans, il se forgea une situation enviable. Spécialisé dans la vente d'armes en provenance d'Allemagne, il cultivait ses contacts avec les services secrets.

Lénine respectait sa puissance financière. Parvus, lui, était convaincu du réalisme de Lénine, capable de s'allier « à Satan lui–même » pour détruire le tsarisme. D'après l'homme d'affaires, l'avènement du socialisme devait passer par l'anéantissement de la Russie. Ensuite, la révolution pourrait y passer, après avoir permis la victoire de l'Allemagne… quitte à y ralentir les mouvements révolutionnaires.

En janvier 1915, l'ambassadeur allemand Von Vangenhaim rapporta à Berlin une entrevue qu'il avait eue avec Parvus. Ce dernier soulignait le fait que les intérêts du gouvernement allemand étaient identiques à ceux des bolchéviks : « D'une part, les démocrates russes n'ont pas les moyens, seuls, de renverser le régime. D'autre part, le succès de l'Allemagne dans cette guerre passe par le déclenchement de la révolution en Russie. Toutefois, même après la guerre, la Russie représentera toujours un danger pour l'Allemagne, sauf si elle est démembrée en plusieurs états séparés. »

En réalité, Parvus n'avait qu'un objectif : manipuler les différents protagonistes, le Kaiser, les révolutionnaires russes, Lénine lui-même, tout en augmentant sa fortune. En 1914, s'appuyant sur son dernier réseau d'influence, il avait poussé la Turquie à entrer en guerre aux côtés de l'Allemagne, où se trouvait alors la plus puissante social-démocratie du monde.

Un document provenant des archives allemandes révèle les véritables intentions de cet étrange personnage.

Il s'agit d'un « memorendum-programme » intitulé "Préparation en vue d'une grève de masse en Russie". Parvus se réfère aux conceptions défaitistes de Lénine. Il fixe la date, les lieux et les modalités de l'action révolutionnaire. Sa programmation est très précise et va de la distribution de tracts à la grève générale, en intégrant le retour massif des exilés et l'indispensable propagande, notamment contre l'armée en campagne. Il prévoit de susciter une panique dans les capitales et prophétise, déjà, la révolte des nationalités, en commençant par les plus « sensibles » : les Ukrainiens, les Cosaques du Kouban et du Don, la Pologne.

Il imagine également l'approvisionnement de la presse libérale, notamment américaine, « en matériaux » pour l'inciter à développer sa critique contre le tsarisme. Ce projet parut suffisamment crédible pour que les autorités allemandes s'en emparent. Nous étions le 7 mars 1915 et le secrétaire d'État au trésor impérial avait attribué « deux millions de marks à la propagande révolutionnaire en Russie ».

Dès la fin de l'année, Parvus se trouvait proclamé conseiller en titre auprès de l'état-major allemand. Les sommes qu'il percevait pour ses services augmentèrent : il toucha un million de marks or pour la seule année 1915.

Muni de ces subsides, Parvus sillonna l'Europe sous une couverture de circonstance. Il créa à Copenhague, toujours en 1915, l'« institut de recherche des causes et des conséquences de la guerre mondiale ». Il prit pour adjoint un bolchévik de renom, Ganetski ou Hanetski alias Fürstemberg, qui lui servit d'intermédiaire pour rencontrer Lénine en mai 1915 à Zürich.

Parvus décrivit ainsi leurs échanges. « J'exposai à Lénine mes vues sur les conséquences sociales et révolutionnaires de la guerre et attirai aussi son attention sur le fait qu'aussi longtemps que la guerre durerait, il n'y aurait pas de révolution en Allemagne : la révolution n'était possible qu'en Russie, où elle éclaterait à la suite d'une victoire allemande. » Sur ce plan, du moins, Parvus avait mal vu car le coup d'État bolchévique n'a pas eu besoin des troupes du Kaiser pour réussir.

D'autres sources, qui pouvaient confirmer cette entrevue, n'eurent pas tout à fait le même récit. Ainsi le bolchévik Zif vit les deux hommes bavarder amicalement à la sortie d'un restaurant. Pourtant, quand Parvus lui présente un plan simple et cohérent qui fixe la révolution au 22 janvier 1916, Lénine reste dubitatif. Certes, son interlocuteur lui donne le premier rôle et l'incite vigoureusement à agir. Mais il semble fébrile et désireux de donner au plus vite tracts, armes et argent à celui qu'il veut voir prendre la tête de l'action. Prudent, le leader bolchévique refuse de prendre un engagement concret.

Néanmoins, avec son aval, une coopération discrète s'instaura entre Ganetski et Parvus. De son côté, Lénine y vit exclusivement des « relations d'affaires » et tenta, « à titre personnel », de prendre ses distances avec « cette collaboration ».

Les sources diplomatiques hongroises confirment que cette alliance avait permis de financer les activités bolchéviques. Parvus et Ganietski-Fürstemberg faisaient en effet du commerce entre l'Allemagne et la Russie, les marchandises transitaient par la Scandinavie. Il s'agissait d'instruments chirurgicaux, de produits médicaux et chimiques, contraceptifs et vêtements que Ganetski, en qualité d'agent russe, distribuait. Les profits ainsi réalisés en Russie ne revenaient pas en Allemagne, ils servaient en fait à financer le parti bolchévique. Le système imaginé par Lénine, Parvus et Ganétski, avait tout d'une manipulation : circuits financiers opaques, nombreux intermédiaires couvrant les liens avec les services secrets allemands, sociétés écrans...

Publiquement, Lénine prenait ses distances avec Parvus afin de camoufler leurs relations. Il certifiait n'avoir jamais reçu d'argent de Ganetski. Il allait même jusqu'à déclarer que ce dernier « n'était pas bolchévique ». Pourtant, il faisait partie des dirigeants de ce parti puisqu'il était membre du bureau du Comité central pour l'étranger. En réalité, Lénine adressa à Ganetski plus de vingt télégrammes et lettres entre mars et début mai 1917. Plus tard, il le nommera adjoint du commissaire aux Affaires étrangères de son gouvernement et lui confiera les missions financières délicates. À la même époque, Ganetski prit d'ailleurs le fils de Parvus comme directeur d'information du même ministère.

Le retour d'exil du leader bolchévique en avril 1917 allait permettre une autre importante étape de la coopération entre Parvus et Lénine. Car ce dernier se demandait toujours comment il pourrait provoquer la révolution à partir de la Suisse en s'emparant du parti social-démocrate du pays.

Mais à Petrograd, ses camarades maintiennent la pression. Ils sont décidés à aller s'il le faut jusqu'au bain de sang. Quant aux militants, ils incitent les ouvriers de la ville à débrayer.

Le jour de l'abdication du tsar en 1917, Lénine continue à s'agiter pour déclencher la révolution depuis la Suisse ou la Suède. Il apprend avec circonspection les événements de Russie : les mutineries, les grèves, les quelques jours de combats de rue… Mais le leader bolchévique ne croit pas à un mouvement important.

Il s'enferme dans sa chambre pour réfléchir. Une question le hante : faut-il quitter la douceur suisse pour la Russie ? Faut-il le faire maintenant ? Et par quelle route partir ? Lénine veut immédiatement appeler à la prise du pouvoir et à la constitution d'un gouvernement révolutionnaire. Alors, fidèle à son esprit très radical, il rédige un tract affichant son hostilité totale à la guerre et demandant la prise du pouvoir par le Soviet.

Il fait également ressusciter son journal la *Pravda bolchévique*, dont le premier numéro gratuit sort le 5 mars à cent mille exemplaires. Son mot d'ordre : la révolution n'est pas achevée ! Sa lutte sera acharnée jusqu'à la réalisation des idéaux « authentiquement démocratiques ».

Cependant, Lénine craint d'être pris de court par les menchéviks, ces sociaux-démocrates majoritaires au Soviet de Pétrograd. Il hésite encore à partir. Sur place, en suivant ses mots d'ordre, les bolchéviks radicalisent leur position et se mettent à défendre une ligne dure : aucune confiance au gouvernement bourgeois ! Ils exigent un gouvernement révolutionnaire et un soulèvement immédiat.

En attendant la suite des événements, Lénine donne une conférence au Club des horlogers suisses de La Chaux de Fonds pour commémorer la proclamation de la Commune de Paris. En effet, depuis longtemps, il se sent « de fatidiques affinités avec ces évènements ». Il improvise un exposé sur le thème : « La révolution russe suivrait-elle la même voie que la Commune de Paris ? ». Il ne manque pas de souligner les faiblesses de la Commune : « de ne pas avoir saisi les banques et d'avoir été trop magnanime, en refusant de fusiller en masse les classes qui lui étaient hostiles ! » À ses yeux, la Commune de Paris a échoué parce qu'elle « a fait fusiller trop peu de gens », et qu'elle « n'a pas assez détruit » des classes entières de la population.

Il se résout à rentrer en Russie au plus vite en passant par l'Allemagne mais il reste très prudent pour échapper aux accusations de germanophilie et de collaboration avec Berlin. Pourtant à l'époque, Lénine avait des liens étroits avec ses contacts germanophones. En particulier, il câblait régulièrement, parfois même chaque jour, à son intermédiaire Ganetski. Il le priait en particulier de « mettre de côté deux ou trois mille couronnes pour le voyage de Suisse en Russie ». Finalement, lorsqu'il reçut l'argent, il put déclarer à Inès Armand : « Nous en avons plus que je ne pensais ».

De son côté et de sa propre initiative, Parvus s'occupa de l'organisation matérielle du voyage. Il contacta non seulement le ministère allemand des Affaires étrangères, mais ses relations lui permirent d'avoir accès au Kaiser en personne. Berlin suivait avec attention ces préparatifs, et les encourageait même puisque l'Allemagne comptait sur Lénine pour « affaiblir la puissance russe ». Il n'était d'ailleurs pas dupe des véritables intentions de l'Allemagne et c'est par l'intermédiaire des socialistes suisses Robert Grimm et

Fritz Paten, qu'il négociait son retour. Il savait aussi pouvoir compter sur son adjoint au Politburo, Zinoviev.

De plus, comme il savait que ses relations avec Parvus pourraient le faire accuser d'espionnage en faveur de l'Allemagne, Lénine sollicita pour son wagon le statut d'extraterritorialité. Le 13 mars, les autorités allemandes acceptent ses conditions et décident de « laisser transiter par leur pays les révolutionnaires russes basés en Suisse et désireux de rentrer en Russie ». Lénine quant à lui a déjà envoyé son programme d'action aux bolchéviks de Petrograd : « Renverser le gouvernement ! Armer la population avec la création d'une énorme milice populaire ! » Il rédige aussi un tract pour les deux millions de prisonniers de guerre russes.

Avant de quitter la Suisse, il écrit une lettre d'adieu au prolétariat. L'agent allemand Skarz, qui est aussi un négociant, lui procure les sauf-conduits permettant le transit par l'Allemagne. Cependant, le leader bolchévique se méfie de la manipulation et formule de nombreuses exigences complémentaires : il souhaite en particulier « que quarante personnes puissent en bénéficier, que les autorités des pays traversés n'exercent sur elles aucun contrôle, qu'elles bénéficient d'un statut d'extraterritorialité ». Et il attend l'accord définitif de l'État-major allemand avant de partir.

Le 18 mars, les bolchéviks sont avertis que l'extraterritorialité est accordée. Le départ des quarante révolutionnaires russes est fixé au surlendemain. Les conditions précises de l'accord sont connues grâce à des documents d'archives. Ils témoignent d'une entrevue à Berne, au célèbre restaurant Scioppa, entre Lénine et un émissaire de l'ambassade allemande.

L'objet de l'entretien était de définir les modalités du voyage et pour obtenir les conditions espérées, Lénine n'hésitait pas à négocier, au plus fort de la guerre, avec des représentants de l'ennemi ! Des documents découverts dans les Archives centrales spéciales d'État de Russie en témoignent. Ils proviennent de la Sûreté générale française. Saisis par les Allemands en 1940, ils ont été transportés à Berlin. Certains dossiers du ministère de l'Intérieur comme des rapports du contre-espionnage y ont été retrouvés par les services spéciaux soviétiques en mai 1945 et rapportés à Moscou.

Dans un autre rapport confidentiel adressé au ministre de l'Intérieur le 6 juin 1918, Farichon, le chef du contre-espionnage français à Genève, cite le lieutenant de la garde russe Timroth, qui relate un incident dont il a été le témoin. Lénine était alors rentré en Russie depuis deux mois. Timroth a croisé l'ambassadeur allemand von Lucius à la terrasse du plus bel établissement du port de Stockholm, le Grand Hôtel. Von Lucius, qui avait excessivement arrosé sa soirée, aurait glissé dans la conversation : « Lénine nous est très cher. Il économise notre sang qui est beaucoup plus précieux que l'or… » Dans une lettre citée par le même rapport, l'ambassadeur aurait ouvertement décrit Lénine comme un « agent de propagande de l'Allemagne. »

Le 20 mars, un autre diplomate, l'ambassadeur d'Allemagne au Danemark, télégraphie à son ministre des Affaires étrangères. Il formule une exigence sans ambiguïté : « créer maintenant en Russie le plus grand chaos possible ». La stratégie reprend le traditionnel « diviser pour régner ». Il s'agit d'exaspérer les contradictions entre modérés et extrémistes tout en aidant ces derniers à l'emporter car eux seuls « ébranleront les assises de l'État russe ».

Les journaux français, nourris par les services de renseignement, accréditent alors le fait que Lénine soit un agent allemand. Cependant, ce lien sera finalement sans intérêt car si le leader bolchévique avait bien pris son argent à l'Allemagne, il n'avait absolument pas l'intention de servir les intérêts germaniques. L'hypothèse qui voyait en Lénine un espion allemand était naïve car, en réalité, ce sont les Allemands qui travaillaient au bénéfice de Lénine.

De manière incontestable, les Allemands avaient accepté le marché et avaient dégagé d'importants crédits pour financer l'opération du retour. Après avoir patienté durant de longs jours pour enfin obtenir l'autorisation officielle du Gouvernement provisoire et des passeports provisoires, Lénine partit de Zurich le 27 mars dans le premier des trois convois d'émigrés russes. Son train, comme exigé, bénéficiait de l'extraterritorialité dès l'entrée en Allemagne et il n'eut à subir aucun contrôle des voyageurs.

C'est d'ailleurs dans ce train que sont écrites les fameuses « Thèses d'avril ». Nullement plombé ni blindé, son wagon "ex-territorialisé" est toutefois sous la rigoureuse surveillance de la police allemande. Celle-ci a en effet condamné trois des quatre entrées et maîtrise l'accès à la quatrième entrée, afin d' « empêcher tout contact entre les conspirateurs et leur ennemi ».

De Suisse en Russie, le train suivra le parcours prévu en traversant l'Allemagne, la Suède et la Finlande. Durant ces longues journées, l'argent du gouvernement allemand va se déverser. On se souvient qu'en 1915, Parvus avait soutenu le mouvement grâce aux deux millions de marks qu'il avait distribués aux révolutionnaires russes. Ces derniers vont avoir cette fois une activité d'édition débordante, avec notamment l'impression du journal bolchévique *La Pravda* qui tire à plusieurs millions d'exemplaires. Dans le même temps, de nombreux autres quotidiens de province verront le jour. L'un d'eux sera même tout particulièrement dédié aux soldats. Parallèlement, les révolutionnaires promeuvent et renforcent considérablement le nombre des membres de leur organisation, passant de 23 000 en avril à 240 000 en août.

Arrivé en Suède, le wagon dans lequel se trouvait Lénine avec sa femme Nadejda Kroupskaïa, sa maîtresse Inès Armand et d'autres leaders bolchéviques, fut accueilli par l'incontournable Ganetski qui leur fournit des billets pour achever voyage. Quant à Parvus, Lénine prit soin d'éviter celui qu'il voyait « comme du poisson pourri ». Leurs échanges étaient généralement très tendus et Lénine pouvait devenir injurieux envers Parvus. Plus tard, l'homme d'affaires évoqua cette escale en Suède avec dépit dans ses mémoires : « Je me trouvais à Stockholm quand Lénine y passa… Par l'intermédiaire d'un ami, je lui fis dire que l'objectif personnel était la paix. Je lui demandai ce qu'il avait l'intention de faire. Il me fit répondre que son travail était l'agitation sociale et révolutionnaire. »

Jusqu'à sa mort, Parvus resta persuadé que la révolution bolchévique avait gagné grâce à « son wagon ». En soulignant que, sans le coup d'État d'octobre, la Russie ne serait pas sortie de la Première Guerre mondiale, il lui était facile d'affirmer haut et fort que ce retour secrètement organisé avait contribué à changer « le cours de l'histoire mondiale ». Lorsque la paix séparée fut signée à Brest-Litovsk en 1918, mettant un terme aux combats entre la Russie soviétique et les Allemands, Parvus ne cacha pas sa joie et chercha alors comment revenir à Moscou.

Mais Lénine était soucieux d'anéantir les preuves de toute coopération entre les bolchéviks et les Allemands. Après la prise du pouvoir, il fit notamment disparaître les documents recueillis par le gouvernement provisoire qui attestaient ses nombreux contacts avec Berlin et occupaient vingt et un volumes. Il n'y a donc rien d'étonnant à ce que les mémoires du célèbre bolchévik Chliapnikov essayent de disculper Lénine. Puisque ses adversaires disposaient eux aussi de sommes énormes, il était normal de mener le combat à armes égales.

D'ailleurs, l'historien Souvarine, qui était né en Russie mais vivait en France, sous le pseudonyme du nom de l'anarchiste de *Germinal* de Zola, a nié quant à lui jusqu'à la fin de sa vie cette affaire du train. Pourtant, tout l'accrédite, notamment les archives de la Fédération de Russie.

À vrai dire, il y a un décalage entre l'incontestable vérité des archives et l'interprétation historique, au point que l'histoire de la révolution se trouve quasi réinventée sous l'influence de la désinformation. Source de passions, le communisme voit naître ses premières légendes. Quant à Parvus, il mourut en Suisse en novembre 1918, dans son château où il avait coutume d'organiser de somptueuses fêtes costumées.

En 1917, le gouvernement allemand soutenait donc autant qu'il le pouvait les bolchéviks russes. Encouragé à la fois par l'état-major et par les milieux sociaux-démocrates, Berlin leur avait prodigué une aide financière conséquente. Le général Ludendorff, le plus proche collaborateur du chef des armées allemandes, écrira d'ailleurs un jour à propos du gouvernement soviétique : « Il existe grâce à nous ».

Le général Volkogonov, historien militaire russe, précise de son côté : « L'énorme développement des publications bolchéviques après la révolution de février n'est pas le fruit du hasard. En juillet 1917, le parti publiait quarante-et-un journaux, représentant trois-cent-vingt-mille exemplaires quotidiens, dont vingt-sept titres en russe, et les autres en géorgien, arménien, lituanien, tatar, polonais et autres langues. Après février, le parti s'acheta une presse pour 260 000 roubles et ses dirigeants recevaient un salaire, fût-il irrégulier. Les coffres bolchéviques n'étaient pas vides : il faut savoir que le mouvement bolchévique était soutenu, notamment depuis Paris et Genève, par des industriels russes fortunés et versés dans les arts, qui le finançaient par une sorte de masochisme bizarre empreint du complexe de culpabilité des nantis. » Masochisme en effet, puisque Lénine, tout en ayant besoin de fonds pour sa victoire, n'allait nullement aider les grandes fortunes. Ce sont les ouvriers et les paysans qu'il a gagnés à sa cause en avançant une stratégie efficace, illustrée par des deux mots d'ordre : « La terre aux paysans » et « la paix aux peuples » !

Lénine joue et gagne

Le chef bolchévique arrive à Petrograd le 3 avril. Il ne songe plus qu'à sa prochaine bataille. Désormais sa vie personnelle n'existe plus. « Qu'est que c'est, ma vie ? Une campagne de lutte après une autre », redit-il à Inès Armand avant de revenir sur le sol russe.

Une page se tourne pour Lénine qui va désormais quitter les coulisses pour devenir un personnage de premier plan. Quand arrive le train, une fanfare militaire joue la Marseillaise, des projecteurs parcourent la foule des curieux.

Une haie de marins révolutionnaires de la base de Kronstadt l'accueille et deux mille ouvriers agitent des drapeaux rouges au milieu de la foule et d'une armada de voitures blindées. Une phalange d'ouvriers bolchéviques en armes escorte Lénine jusqu'au salon impérial de la gare où il est accueilli par le président du Soviet de Petrograd.

Mais Lénine n'est pas venu pour discuter. Il se dirige vers l'une des voitures blindées et juché sur le véhicule, il prononce son fameux discours. L'image prit immédiatement la force d'un symbole. Pourtant, ce petit homme au visage asiatique figé, à la barbiche rousse étant encore complètement ignoré du grand public en Russie.

Immédiatement, Lénine s'impose comme leader charismatique. Il n'a pourtant rien d'extraordinaire ni par sa silhouette ordinaire ni par sa voix incolore. Cependant, il se positionne différemment des autres opposants. Il appelle à une révolution socialiste totale et au pouvoir des Soviets. Il mise sur l'affrontement direct avec le pouvoir. Devenu en un temps record le dirigeant bolchévique incontesté, il critique le gouvernement provisoire à coups de formules choc. Il fustige sans ménagement « ses discours fumeux et ses belles promesses », « qui vous trompent, tout comme le gouvernement trompe tous les Russes sans exception ».

À ce moment-là, dans le paysage politique de l'époque, Lénine fut le seul à percevoir une occasion historique de s'emparer du pouvoir. La foule, acquise aux récriminations révolutionnaires, l'écoutait médusée. Il impose un changement radical de stratégie qui inquiète les socialistes et effraie l'opinion publique. « Ne pas tenir sur la défensive un seul instant ! Attaquer sans relâche ! Stigmatiser le gouvernement à cent pour cent ! Terroriser les autres en leur collant des étiquettes ! Leur barbouiller si bien la gueule qu'ils ne puissent plus la nettoyer ! »

Le leader bolchévique lance ses slogans tous azimuts et propose la création d'une milice ouvrière. Il demande également l'armement général du peuple afin de mener l'offensive contre le Gouvernement provisoire. Il poursuit en appelant à la scission du Soviet jugé « trop complaisant », à la réquisition des terres, à une révolution ouvrière mondiale. Enfin, il exige surtout l'arrêt immédiat de la guerre.

Après ce retour triomphal, le leader bolchévique lance un appel à de grandes manifestations du Premier mai dans tous les pays. Mais des évènements dramatiques vont arrêter le mouvement naissant. Trois jours plus tard, à Petrograd, dix mille soldats révolutionnaires menés par les bolcheviks viennent menacer le Gouvernement provisoire devant le palais Marie. Des colonnes d'ouvriers armés arrivent le lendemain de la périphérie vers le centre de la ville. Finalement, ils n'oseront pas braver l'opinion en majorité hostile à cette émeute et favorable au Gouvernement provisoire.

Ce dernier n'a pas su saisir l'opportunité de bloquer Lénine. Son action aurait dû inciter la police à l'arrêter voire même à l'éliminer. Mais les ministres du gouvernement, rassurés que les manifestations se soient spontanément arrêtées, se félicitent de ce retour au calme et n'entreprennent rien qui pourrait être interprété contre eux.

Pendant ce temps, les partisans de Lénine, encore très minoritaires, restent actifs partout où ils sont présents. Leur propagande fait des ravages jusque dans l'armée qui échauffe l'opinion en répétant avec assurance : « le gouvernement veut continuer la guerre impérialiste ».

Pour confirmer ces prétendues thèses, le ministre des Affaires étrangères du Gouvernement provisoire commet une erreur mémorable. Il envoie une note diplomatique à la France et à la Grande Bretagne pour les informer que la Russie a l'intention « de réclamer les territoires ottomans ». Lénine l'apprend et ne manque évidemment pas de dire haut et fort que la « guerre impériale sans empereur continuait. »

Pourtant, cette guerre est de plus en plus rejetée par la population comme par l'armée. On dénombre alors six millions d'hommes mobilisés… sans compter les deux millions de déserteurs. D'ailleurs, dans un contexte international pacifiste, les ministres du gouvernement constatent avec amertume que l'armée a « cessé d'exister en tant que force combattante ».

L'aile armée du Parti bolchévique – l'Organisation militaire – existe bel et bien. Elle annonce l'allégeance de soixante mille soldats motivés qui demandent à préparer une nouvelle manifestation.

La date de cette action est fixée au 10 juin. Dans ce contexte agité, l'avocat socialiste Kerenski a été nommé ministre de la Guerre en mai. Il ordonne immédiatement une offensive en espérant renforcer ainsi les positions du gouvernement. Mais cette offensive – la dernière de la Russie au cours de ce conflit mondial – sera un désastre.

À peine un mois plus tard, le 3 juillet, Lénine appelle une foule d'ouvriers et de soldats révolutionnaires à venir manifester. Armés de mitrailleuses, avec à leur tête le Premier Régiment bolchevique de mitrailleurs, ils se réunissent devant les bureaux du Comité du parti bolchévique de Petrograd. Ils se dirigent ensuite vers le Palais de Tauride où se tient le Soviet de la ville et réclament la déposition immédiate du Gouvernement provisoire.

Durant toute la nuit, des camions emplis d'hommes en armes sillonnent les rues. Quelques soldats commencent même à tirer au hasard sur les chalands bourgeois.

De vraies fusillades se déclenchèrent un peu partout. À la base navale de Kronstadt, une mutinerie éclata et des marins bolchéviques massacrèrent cent vingt officiers, y compris leur amiral. Ils exigèrent ensuite de Lénine qu'il donne l'ordre de prendre la capitale.

Soutenus par vingt mille ouvriers, les marins se dirigèrent à leur tour vers le palais de Tauride. La foule compacte et survoltée appelait maintenant à prendre le pouvoir sans délai en scandant le slogan de Lénine : « Tout le pouvoir aux Soviets ».

Mais un autre évènement changea la donne. Lénine se trouvait dans le train pour Petrograd lorsqu'il apprit que Pavel Pereverzev, ministre de la Justice, s'apprêtait à l'accuser de trahison. Il prévoyait de révéler au grand jour le rôle de l'Allemagne dans cette apparente improvisation et la manière dont elle avait financé ses activités. Les militants devinrent alors circonspects.

Les jours suivants, les manifestations se renouvelèrent pourtant mais le Gouvernement provisoire fit venir des troupes dans la capitale. Les membres du Soviet, eux, restèrent passifs. Une pluie torrentielle s'abattit sur la foule qui se dispersa spontanément. La révolution avait définitivement pris l'eau ! Finalement, le régiment de la garde Izmaïlovski, une unité loyale au gouvernement, libéra sans éclat le Soviet assiégé. Mais ce dernier avait perdu de sa prestance, voire une certaine forme de légitimité, et il était perçu désormais par les militaires comme « un parlement de bavards impuissants ».

Lénine et le Comité central bolchévique, abattus par ce revirement inattendu, se retirèrent de la scène. De nombreux membres du parti furent arrêtés. L'échec de ces « journées de Juillet » renvoie les chefs bolchéviques, une nouvelle fois, à la clandestinité.

Un homme de trente-trois ans, Alexandre Kerenski, seul à pouvoir trouver un compromis entre la gauche et la droite, assume alors la charge de chef du gouvernement. Prudent et organisé, il ordonne l'arrestation de Lénine.

Épuisé, souffrant de migraines, Lénine décide même de s'exiler en Finlande. À dire vrai, il s'en faut de peu que le parti bolchévique ne disparaisse. Son leader est en fuite et doit se cacher derrière une nouvelle apparence. Il décide même de renoncer à sa barbe et sa moustache qui l'ont fait repérer dans ses harangues. Sans état d'âme, il s'assoit, le visage couvert de savon à barbe, devant un autre bolchévik devenu plus tard célèbre, Staline. Le barbier improvisé rase aussitôt la barbe et les moustaches de son mentor. Lénine s'admira dans la glace : « Je ressemble tout à fait à un paysan finnois, et quasiment personne ne me reconnaîtra. »

Le pari de Lénine semblait perdu. Cependant, quatre semaines plus tard, le gouvernement provisoire chancelait de nouveau. L'offensive des troupes russes s'enlisait, l'empire russe plongeait : la Finlande et l'Ukraine marchaient vers l'indépendance.

Petrograd attendait la suite des événements dans le désarroi. Le nouveau chef du gouvernement, Kerenski, devenu premier ministre depuis fin juillet, tenta de lancer de nombreuses réformes politiques, judiciaires et sociales. Mais il omit la principale : la réforme agraire. Son gouvernement ne sut pas enrayer les difficultés d'approvisionnement et surtout commit une erreur qui allait lui coûter très cher. En poursuivant la guerre, il s'opposait de manière frontale à l'opinion publique qui était devenue profondément pacifiste. Kerenski tenta de rétablir sa prestance mais il allait être bientôt supplanté par un général.

Fin août surviennent alors les « journées Kornilov ». Kornilov était un général réputé et populaire, qui s'était évadé de façon spectaculaire lorsqu'il était prisonnier durant la Première Guerre mondiale. En urgence, pour apaiser le courroux du peuple, il avait été nommé commandant de la région de Petrograd en mars 1917, et depuis juillet, il était devenu commandant suprême de l'Armée.

La Russie était en train de sombrer. Le général Kornilov lança alors un douloureux appel de détresse à son peuple. Ce cosaque de Sibérie, aux yeux bridés de Tartare, au crâne rasé et aux larges moustaches, était apparu sur la scène russe avec son cheval blanc. Il voulait de toutes ses forces purger le pays des bolchéviks et rétablir l'ordre.

Mais le général était aussi vaniteux que Kerenski, quoique moins intelligent. On disait de lui qu'il avait « un cœur de lion et la cervelle d'un mouton ». Il s'était entouré d'une garde de Turcomans aux vêtements écarlates, armés de sabres. Cependant, son cri de détresse n'appelait pas au putsch comme l'ont fait croire les bolchéviks. Soljenitsyne était convaincu qu'il n'y avait jamais eu de "putsch Kornilov". Ce n'était que « mensonge et invention hystérique de Kerenski ».

D'ailleurs, ce dernier avait fait venir dans la capitale des troupes du front pour contrer son rival. Kornilov jeta alors trois régiments de cavalerie par voie de chemin de fer sur Petrograd. Paniqué, Kerenski renonça en cours de route à ce plan, inquiet d'une possible réaction hostile de la gauche. C'est là qu'il fit passer l'arrivée des troupes pour un putsch, appelant « toutes les forces révolutionnaires à leur barrer la route ! » Pour comble, il appela au soutien des bolchéviks que son gouvernement venait de réprimer après les émeutes des « journées de Juillet ».

Dans les usines comme dans l'armée, une résistance prend corps. Les syndicats organisent une grève massivement suivie. Les bolchéviks sortent de leur semi-clandestinité et sont particulièrement actifs malgré la répression qu'ils ont subie. Les partis se radicalisent, la tension monte. Par ailleurs, les masses se sont réarmées et les marins de Kronstadt libèrent les prisonniers politiques de juillet, dont Trotski.

Après s'être autoproclamé commandant en chef, Kerenski découvrit qu'il n'avait pas de soutien militaire. Il n'eut alors d'autre choix que de s'appuyer sur le

Soviet, en mobilisant les Gardes rouges bolchéviques. Le général Kornilov fut stoppé mais le gouvernement tomba.

Kerenski se nomma alors dictateur d'un directoire de cinq membres. Sa survie était assurée mais ce fut une victoire à la Pyrrhus. Il forma une sorte de préfiguration du dernier dirigeant du Kremlin soviétique, Mikhaïl Gorbatchev qui, après une tentative de coup d'État en août 1991, s'est retrouvé à la tête d'une coquille vide. Stimulé par la cocaïne et la morphine, Kerenski s'était installé dans les appartements d'Alexandre III au Palais d'Hiver, mais il ne gouvernait plus.

Désormais, les dés étaient jetés. Dépourvu de volonté pour reprendre les rênes, dépossédé d'un pouvoir qu'il avait eu peu de temps d'exercer, le Gouvernement provisoire avançait inexorable vers sa fin. Les bolchéviks s'étaient renforcés. Avec leur aide, le Gouvernement provisoire arrêta le général Kornilov. Il s'évadera, combattra les bolchéviks et mourra pendant la guerre civile.

Les Soviets de Petrograd et de Moscou tombèrent rapidement aux mains des bolchéviks. Mais leurs dirigeants restaient divisés sur la suite à donner aux événements. Lénine sut trouver les leviers qui les amenèrent, par la force de sa volonté, à la révolution d'octobre, modifiant durablement le cours de l'histoire.

Durant l'été, Lénine continue d'approfondir son analyse ébauchée dans ses *Thèses d'avril* avec un essai, *L'État et la révolution*. Il s'y oppose fortement au déterminisme des marxistes et valorise la liberté de l'homme. Il revient une fois encore à la Commune qu'il prend pour modèle de révolution. Il met en exergue plusieurs de ses mesures : la suppression de l'armée et de la police, l'élection et la révocation des fonctionnaires par les citoyens, le développement des institutions représentatives, l'égalisation des traitements administratifs. Toutes ces propositions sont pleinement conformes aux exigences éthiques du socialisme d'origine. Toutefois, Lénine ne va jamais concrétiser en actes ce premier jaillissement révolutionnaire.

À l'époque, les bolchéviks n'avaient alors que des idées politiques assez vagues et contradictoires. Ils ne suivaient aucun programme économique sérieux, leur seul objectif de lutte étant d'en finir avec le tsarisme.

Leur prise de pouvoir s'est opérée d'une manière inattendue. Aujourd'hui, on pourrait dire que le contexte médiatique, dominé par l'héritage de Léon Tolstoï, était préparé aux événements qui allaient se produire. Et l'on pourrait ajouter que beaucoup de rédactions étaient acquises à leur cause.

Le raisonnement des bolchéviks semblait pourtant avoir assez peu de fondements politiques. Ces phrases extraites d'un discours de Trotski en disent long : « Vos grands-pères et vos pères ont obligé nos grands-pères et nos pères à nettoyer leurs bottes ; maintenant, c'est vous qui nettoyez les nôtres » ; « Pillez les pillards, volez les voleurs » ; « L'extermination sanglante des riches ! »

Pour dépasser ce ciel trop bas, il ne fallait pas moins que la combinaison de deux génies : le génie stratégique de Lénine et le génie organisateur et oratoire de Trotski. Il aurait suffi de deux balles pour mettre fin à la prise du pouvoir par les bolchéviks en 1917 : l'une visant Trotski, l'autre abattant Lénine. L'aventure se serait terminée car rien n'aurait pu se faire sans eux.

Chacun des leaders bolchéviks avait de solides raisons de rejoindre la révolution : Lénine voulait venger la mort de son frère pendu par le tsar, Trotski comptait lutter contre la persécution des juifs et Staline, en tant que Géorgien, obéissait à des motifs politiques et nationaux. De plus, comme tous les jeunes, ils ne supportaient plus le régime tsariste associé à l'autoritarisme de la génération précédente.

En cet automne 1917, la situation s'aggrave encore. Les pertes militaires battent tous les records avec 1 700 000 morts et 5 950 000 blessés. Dans ce contexte, le moral des soldats est en berne. Des mutineries éclatent et la famine menace.

Les paysans s'emparent alors des terres et se soulèvent. Les soldats désertent et retournent dans leurs villages en se livrant en chemin à d'épouvantables pillages. La production s'effondre. Les prix augmentent, le chômage explose et les grèves se diffusent à toutes les branches de l'industrie.

L'évolution s'accélère aussi dans le champ politique : dans toute la Russie, les bolchéviks gagnent des voix aux élections des Soviets de soldats et de paysans. Dans la capitale, de très nombreux déserteurs campent dans les rues, des foules considérables traversent la ville pour manifester puis revenir dans leur quartier.

L'inquiétude et le désordre rôdent de toutes parts. Des comités divers prennent en main tout ce que l'État déficient n'assume plus. On organise ainsi les ravitaillements, les soins… Aux côtés des coopératives et des syndicats, ces comités forment un pouvoir parallèle : le régime n'a plus aucune prise sur le « pays réel ».

Alors Lénine, toujours réfugié en Finlande, décide de brusquer les choses. Le 15 septembre 1917, il envoie une lettre au Comité central du parti bolchévique afin qu'il s'empare du pouvoir au nom des seuls bolchéviks. « Si nous n'assumons pas le pouvoir maintenant, l'histoire ne nous le pardonnera pas ! », écrivit-il.

Les bolchéviks entendirent l'urgence. Le 25 septembre, ils prirent le contrôle du Comité exécutif du Soviet. Trotski, après treize années d'emprisonnement, de déportation et d'exil, en devint le président. Il réussit à imposer le commandement du Soviet même à l'armée.

La “révolution” d’Octobre

Pour venir à bout d’un régime déjà agonisant, il n’y eut pas besoin d’un coup d’État organisé : un rapide putsch a suffi pour entrainer l’effondrement immédiat du pouvoir.

Pourtant, « la révolution d’Octobre » deviendra l’un des grands mythes du XXe siècle. Glorifiée par la propagande soviétique, formidablement décrite par le journaliste américain John Reed comme « dix jours qui ébranlèrent le monde », elle sera également portée au pinacle par le chef-d’œuvre cinématographique d’Eisenstein, *Octobre*.

À dire vrai, tout se passa avec une rapidité vertigineuse. Le 8 octobre, Lénine revint secrètement de Finlande, où il s’était réfugié depuis les évènements de juillet. À 22 heures, dans la nuit pluvieuse du 10 octobre 1917, il saisit sa chance de convaincre le Comité central de son parti. Les onze responsables bolchéviques sortirent l’un après l’autre de l’Institut Smolny, leur quartier général, et se rendirent à ce rendez-vous inattendu dans un appartement du faubourg de Petrograd.

Parmi ces "onze", certains étaient déguisés. Lénine lui-même était méconnaissable. Rasé de près, « ressemblant beaucoup à un pasteur luthérien », comme l'a décrit sa femme, il portait une perruque bouclée qui glissait sans cesse sur son crâne chauve. Il répéta sa harangue à ses nouveaux compagnons : « L'Histoire ne nous pardonnera jamais de ne pas avoir pris le pouvoir maintenant ! », s'écria-t-il d'emblée en replaçant sa perruque mal ajustée. On soumit sa motion au vote et Lénine l'emporta par dix voix contre deux.

Le Comité Central bolchévique entérina donc ce soir-là un projet d'insurrection. Mais en attendant l'heure d'agir, Lénine se cacha dans un appartement de Petrograd.

La capitale semblait calme en apparence mais elle ignorait qu'elle s'adonnait pour une dernière fois aux plaisirs insouciants. « Les tripots fonctionnaient fébrilement du crépuscule à l'aube », rapporta le journaliste américain John Reed dans son livre *Les dix jours qui ébranlèrent le monde*. Le champagne coulait à flots, les joueurs risquaient jusqu'à vingt mille roubles sur un seul coup. Au centre-ville, le soir, des prostituées luxueusement vêtues et couvertes de bijoux, aguichaient les passants et se pressaient dans les hôtels.

Les actes de banditisme étaient légion. De mystérieux individus erraient autour des femmes qui, pendant les longues heures glaciales, faisaient en grelottant la titicue pour du pain et du lait. Certains leur chuchotaient que les Juifs avaient accaparé les stocks alimentaires. D'autres agitaient la menace de complots monarchistes. D'autres encore, espions allemands, cherchaient à obtenir par ces conversations anodines de précieuses informations.

Ilia Ehrenbourg résumait la situation en une image forte : la Russie « vivait comme sur un quai de gare, dans l'attente du sifflet du chef de train ».

La pénurie alimentaire se faisait toujours plus durement sentir, avec les files d'attente qui s'allongeaient pour les plus modestes. Des riches continuaient encore à souper dans les restaurants les plus chics et les bourgeois se battaient pour entendre chanter le célèbre Chaliapine. Mais déjà, quelques aristocrates vendaient des biens de grande valeur au coin des rues.

Le Comité exécutif du Soviet de Pétrograd était alors dirigé avec brio par Trotski. Militant marxiste du Parti ouvrier social-démocrate de Russie (POSDR) puis, à partir de l'été 1917, bolchévik, il avait été plusieurs fois déporté en Sibérie ou exilé de Russie. En 1905, lors de la révolution russe, il était notamment président du Soviet de Petrograd. Revenu des États-Unis en 1917 grâce à l'aide des banquiers de Wall Street, il devint, avec Lénine, le principal acteur de la révolution d'octobre.

Trotski nomme un Comité militaire révolutionnaire. Cet organe, élu au grand jour, va susciter l'insurrection.

Dix jours avant le coup d'État, sous la direction de Trotski, les gardes rouges s'entraînent au centre de la ville. Les autorités n'y prêtent pas attention, ne soupçonnant pas les projets des bolchéviks qui, à visage découvert, suivent le plan établi. La ville est distribuée en secteurs, à l'intérieur desquels des points stratégiques sont définis : gares, télégraphe, centrales électriques, ponts sur la Neva et autres organes techniques de la machine gouvernementale. Ils s'adjoignent aussi les ouvriers spécialisés nécessaires aux commandos de soldats.

Il ne faut pas perdre de vue un point essentiel dans l'histoire de ces événements. Le coup d'État bolchévique fut réalisé par un très petit groupe de révolutionnaires professionnels : les bolchéviks, au départ, étaient peu nombreux. Il s'agissait souvent de Russes immigrés en Suisse, en France ou en Angleterre. D'autres étaient des sympathisants, souvent très jeunes. Viatcheslav Molotov, qui deviendra le futur bras droit de Staline, en est un exemple. Il avait seize ans et n'était encore qu'un lycéen lorsqu'il a adhéré au bolchévisme. C'est seulement après la révolution d'Octobre que les gens ont massivement accepté ces idées. Le noyau dur des origines comptait environ trois mille personnes en Russie et mille à l'extérieur.

De même, dans son *Histoire de la Révolution Russe*, Trotski a estimé qu'un maximum de vingt-cinq à trente mille personnes avaient pris part aux événements d'octobre à Petrograd, une ville qui comptait alors deux millions d'habitants, capitale d'un pays de quelque cent cinquante millions de personnes. Si peu… Quant à Lénine, il affirmait avec mépris que les masses n'avaient pas d'autre ambition que leur survie.

Le chef du gouvernement Kerenski, lui, ne se préoccupe que de la défense des organismes politiques et bureaucratiques. Il ne semble pas avoir pris la mesure de ce qui arrive. Quelques jours avant le coup d'État, il échange ces mots d'une étonnante naïveté avec le secrétaire général du Gouvernement provisoire Nabokov, le père du célèbre écrivain :

« J'irais jusqu'à prier pour qu'une telle insurrection ait lieu.

– Et êtes-vous sûr de pouvoir en venir à bout ?

– J'ai plus de troupes qu'il ne m'en faut. Ils seront écrasés une bonne fois pour toutes ! »

En beau parleur invétéré, il continue à se payer de mots. Pendant ce temps, les troupes de Trotski, motivées et méthodiques, lancent l'assaut maison par maison dans la capitale. Déjà, le palais Marie a été incendié.

Le jour même du putsch, Kerenski tente de s'appuyer sur les institutions pour imposer une réaction. Il met officiellement hors la loi le Comité Militaire Révolutionnaire et ferme les bureaux du journal que Staline éditait à l'imprimerie Troud. Mais à l'appel des ouvriers de l'imprimerie, Trotski envoie un contingent de fusilliers pour reprendre la presse.

Partout, la bataille s'engage. Elle s'étend rapidement aux ponts, aux gares, aux postes… Sans un coup de feu, dira-t-on, les troupes bolchéviques ont lancé l'assaut aux fameux points stratégiques. Le seul vrai combat se produit lors de l'assaut par les insurgés du Palais d'Hiver, siège du Gouvernement provisoire.

Tout était prêt pour l'insurrection à l'aube du mardi 24 octobre. Lénine ne pouvait accepter le moindre retard : « Tout tient à présent par un fil, écrivit-il alors. L'affaire doit être décidée sans faute ce soir même ! »

On l'avait supplié de ne pas se montrer pour ne pas risquer une arrestation. Mais le 24 à 22 h 50, Lénine n'y tint plus. Il fixa sa perruque frisée sur son crâne et coiffa une casquette d'ouvrier. Il prit soin de masquer son visage en le couvrant de bandages. Il compléta cet accoutrement de grosses lunettes puis s'enfonça dans les rues de la ville avec son garde-corps.

Lénine grimpa dans un tram. Il y soumit la contrôleuse, déjà perturbée par cet étrange passager, à un interrogatoire haletant pour oublier sa propre inquiétude. Il lui fit également un cours magistral sur les stratégies révolutionnaires. Vers minuit, Lénine atteignit enfin Smolny. Près de l'Institut, le quartier général bolchévique, il fut arrêté par une patrouille à cheval. Mais celle-ci le relâcha après avoir conclu qu'il s'agissait d'un ivrogne inoffensif.

Dominant un méandre de la Neva, l'Institut abritait autrefois le pensionnat des jeunes filles de la noblesse russe. L'Italien Giacomo Quarenghi avait imaginé des bâtiments d'une grande sobriété. À quelques pas, la collégiale de la Résurrection, œuvre de Rastrelli, contrastait. Sa façade polychrome bleu, blanc et or constituait un exemple remarquable de l'architecture baroque russe. La façade s'étendait sur plus de deux cents mètres, formant avec les bâtiments latéraux une cour d'honneur. Le tout ne manquait pas d'élégance. Les deux édifices faisaient bon ménage et formaient un ensemble dont toute l'originalité résidait dans la brutalité du contraste autant que dans sa majesté. En effet, la cathédrale de Smolny est un étonnant mariage réussi du baroque européen et des coupoles bulbeuses, dans la pure tradition russo-byzantine.

« Illuminé, écrit le chroniqueur américain des évènements John Reed, [le bâtiment] bourdonnait comme une ruche géante… Un groupe serré de garçons en tenue d'ouvrier, Gardes rouges, portait des fusils baïonnette au canon, et parlaient nerveusement entre eux. Ils se réunissaient autour de grands feux auprès desquels ils approchaient leurs mains pour les réchauffer. Les moteurs des voitures grondaient, des motocyclettes pétaradaient ».

Mais personne ne reconnaissait Lénine. Comme il n'avait pas ses papiers, les Gardes rouges en faction aux portes lui interdirent l'entrée.

« Quelle pagaille ! hurla alors son garde du corps. Je suis un délégué [au Congrès] et on ne me laisse pas passer ! » La foule vint à son secours et s'en prit aux deux hommes qui leur avaient refusé l'entrée. Mais lorsque Lénine retira sa casquette, la perruque raide de colle suivit également…

Le Smolny était un vrai campement. Le Soviet organisait ses réunions dans la splendide salle de bal. Les planchers et les sols étaient jonchés de journaux, de mégots et de couvertures. Une odeur épouvantable de fumée, de sueur et d'urine se mêlait à celle du chou bouilli qui montait du réfectoire.

Des soldats désoeuvrés ronflaient dans les couloirs tandis que quatre cents jeunes cadets de l'armée assuraient la garde, soutenus par un bataillon féminin de choc et quelques escadrons de cosaques.

Lénine se hâta à travers le bâtiment, tentant de maintenir sa perruque pour essayer de cacher son identité. Mais un député socialiste, un menchévik, le repéra. « Ces bons à rien m'ont reconnu », murmura Lénine.

Au même moment, les mauvaises nouvelles pleuvaient sur Kerenski qui s'était barricadé au grand quartier général de l'armée. Même si le Palais d'Hiver n'était pas encore encerclé, il comprit enfin vers 21 heures que seule la venue les troupes du front pouvait sauver la situation.

Il n'arrivait pas à trouver d'automobile jusqu'à ce que l'un de ses hommes réquisitionne une Renault de l'ambassade des États-Unis et une grosse limousine de voyage Pierce Arrow. Pendant que son gouvernement se concertait en réunion extraordinaire au Palais d'Hiver, Kerenski quittait la capitale.

Par certaines fenêtres du palais d'Hiver, on voyait s'étendre au loin la Neva bleutée, et par d'autres, plus à gauche, une partie des bâtiments du palais.

« Tout cela avait un air d'opérette, et comique de surcroît », observait la journaliste américaine, Louise Bryant, qui était présente sur place lors des événements. Quant aux ministres, Maliantovitch, en charge de la justice, les décrivaient comme « des hommes condamnés, abandonnés de tous, errant en tous sens dans une gigantesque souricière ».

Lénine était furieux de constater que le Palais n'avait pas encore été attaqué. Alors Trotski donna l'ordre de se rendre à la forteresse Pierre-et-Paul et de se préparer à pilonner le Palais d'Hiver, sur l'autre rive de la Neva. Mais ils découvrirent alors que seulement six pièces d'artillerie étaient disponibles.

Cinq n'ayant pas été nettoyées depuis des mois, une seule était en état de tirer. Cependant, les officiers dirent aux bolchéviks que tous les canons étaient hors d'usage. C'est à ce moment que Lénine fit sa première apparition au Soviet. À 15 heures, Trotski l'introduisit. Le leader bolchévique réclama immédiatement le pouvoir. Mais lorsqu'il regagna la Salle 36, le Palais d'Hiver n'était toujours pas investi.

À 18 heures, ce soir-là, les cadets de l'armée décidèrent de quitter leur poste pour trouver de quoi souper car ils n'avaient rien mangé de la journée. Les cosaques eux aussi se dispersèrent, tout comme la plupart des femmes du bataillon féminin de choc.

Le signal convenu pour la prise du Palais devait être une lanterne rouge hissée au sommet du mât du drapeau de la forteresse Pierre-et-Paul. Lorsque l'heure fatidique arriva, personne ne put dénicher de luminaire ! Un commissaire bolchévique dut braver le danger et sortit pour se mettre en quête d'une lampe. Il en trouva une dont la couleur ne correspondait pas au signal convenu. En poursuivant ses recherches, le pauvre homme se perdit dans la nuit et fit une chute dans une fondrière.

Lorsqu'il en sortit, il était incapable de hisser la moindre lanterne. Le signal ne fut donc jamais donné. Grigori Schreider, le maire de Petrograd, s'était battu au conseil municipal pour empêcher le bombardement du Palais. Il prit la résolution, seul, de prendre la défense du gouvernement. Les conseillers municipaux le soutinrent. Ce respectable notable à la barbe blanche décida de rejoindre le palais. Il était accompagné de ses conseillers et du ministre de l'Alimentation, Prokopovitch. Tous ces vénérables bourgeois se mirent en marche. Très dignes dans leur manteau de velours, ils n'avaient pas pris d'armes. Dans cette étrange procession, aucun n'était armé. Ils avaient simplement pris une lanterne et un saucisson en guise de dîner pour les défenseurs du Palais.

Ce défilé pittoresque descendit la perspective Nevski en chantant, avant d'être arrêté à un poste de contrôle rouge devant la gare. Le maire plaça alors les Gardes rouges devant un choix cornélien : les laisser passer ou tirer sur des citoyens désarmés.

John Reed rapporta cet échange insolite.

« Non, nous n'allons pas tirer sur des Russes qui ne sont pas armés, dit le commandant du poste de contrôle.

– Nous allons avancer ! Que pouvez-vous faire ? insistèrent les chefs de ce défilé insolite.

– On fera bien quelque chose, répondit le marin, visiblement embarrassé. On ne peut pas vous laisser passer. »

Alors, un marin rigolard eut une idée géniale.

« Nous allons vous donner la fessée ! » rugit-il, ruinant l'aura de dignité dont s'étaient parés les manifestants.

« Oui, nous allons vous donner la fessée. »

La tentative de sauvetage s'acheva donc dans les rires. Le Palais d'Hiver tenait toujours mais ses défenseurs, qui avaient déjà largement puisé dans la cave du tsar, étaient de moins en moins vigilants…

Finalement, le cuirassier *l'Aurore* tira une charge à blanc à 21h40. Ce fut le nouveau et véritable signal de l'assaut. À l'intérieur du Palais, le bataillon féminin de choc fut si impressionné par cette détonation que beaucoup de femmes durent se calmer dans une arrière-salle. Sur les boulevards et les ponts près du Palais, le grondement des canons dispersa les curieux.

À l'extérieur, les commandants bolchéviques, Podvoïski et Vladimir Antonov-Ovseenko, avaient rassemblé une écrasante force armée. Pourtant, Lénine avait peu d'estime envers ces deux hommes qu'il avait voulu faire fusiller pour leur incapacité.

Des voitures blindées se mirent à mitrailler les murs. De petits groupes de marins et de Gardes rouges découvrirent que le Palais se retrouvait complètement sans défense. Même les portes n'étaient pas verrouillées. « L'attaque, reconnut plus tard le chef bolchévique dirigeant cette opération, Antonov-Ovseenko, avait un caractère complètement désorganisé. »

Au cœur de la nuit, ses troupes entrèrent et commencèrent l'assaut du bâtiment. Les ministres du Gouvernement provisoire menaient un débat surréaliste sur le choix d'un "dictateur" qui leur convienne. Leur table était recouverte d'un drap vert : ils s'étaient réunis dans la salle aux tentures de brocart rouge où Nicolas II et sa famille dînaient avant 1905.

La porte s'ouvrit et « un petit homme surgit dans la pièce, comme un copeau de bois porté par une vague sous la pression de la foule qui se pressait derrière lui [...]. Il avait de longs cheveux couleur rouille et des lunettes, une courte moustache rousse taillée et une petite barbe », rapporta Maliantovitch, le ministre de la Justice. « Son col, sa chemise, ses manchettes et ses mains révélaient un homme vraiment très sale. »

Il contemplait la salle dont la splendeur coupait le souffle. Des colonnes de malachite et de lapis-lazuli, couronnées de bronze doré, lui donnaient des proportions exceptionnelles.

« Voici le Gouvernement provisoire, dit Konovalov, Premier ministre adjoint. Que voulez-vous ? »

– Au nom du Comité militaire révolutionnaire, répondit Antonov-Ovseenko, je vous déclare tous... en état d'arrestation. »

Il était environ 1h50 le matin du 26 octobre. Les nouveaux maîtres du Palais d'Hiver commencèrent alors à se livrer au pillage, retirant tapis, rideaux, linge, assiettes de porcelaine, verrerie.

Un soldat décora sa casquette de plumes d'autruche tandis que de vieux serviteurs fidèles, en livrée bleue, rouge et or, s'efforçaient de contenir les pillards. Les assaillants avaient également pris d'assaut la cave du palais et buvaient goulûment des vins d'exception comme des Tokay datant de l'époque de Catherine II ou encore les stocks de Château-d'Yquem 1847, le vin préféré du tsar Nicolas II.

Pour arrêter cette bacchanale, on appela même la brigade de sapeurs-pompiers de Petrograd… qui ne put résister devant cette abondance de vins et s'enivra également. Alors les commissaires bolchéviques s'emparèrent des bouteilles pour les casser sur la place du Palais, mais la foule but à même les caniveaux. La folie de l'ivresse gagna alors la capitale !

Ce « vrai faux coup d'État » avait été étonnamment

facile, mais la lutte à la vie et à la mort pour conserver le pouvoir commença immédiatement.

« La ville était calme, plus calme sans doute qu'elle ne l'avait jamais été au cours de son histoire », écrivit encore John Reed. Une « singulière lueur blafarde se coulait dans les rues silencieuses, ternissait les feux des sentinelles, présage de l'aube terrible qui se levait, grise, sur la Russie ».

Les assaillants pouvaient se féliciter de n'avoir eu aucune victime dans leurs rangs. Quant aux membres du Gouvernement provisoire, ils furent tous arrêtés. Seul leur chef Kerenski, qui avait déjà pris la fuite, leur échappa. Et le soir même, le second Congrès panrusse des Soviets se réunit à l'Institut Smolny qui devenait désormais le quartier général de Lénine.

Le putsch approchait de son terme comme le confirmait la majorité bolchévique du Congrès. « Si bien que non seulement il n'y a pas eu de révolution d'Octobre, mais il n'y a même pas eu de véritable coup d'Etat ! », résuma Soljenitsyne.

La révolution s'achevait. Commençaient alors soixante-treize ans de communisme.

Mais l'Histoire avance à coups de tragédies.

Si le régime de février 1917 avait porté au pouvoir

de braves gens, il ne comportait aucun véritable homme d'Etat. Alexandre Kerenski et ses amis s'étaient retrouvés en place d'une manière accidentelle, leur pouvoir était extrêmement faible et velléitaire. Ce ne sont pas d'abord les idéaux révolutionnaires qui commencèrent à se répandre mais une véritable anarchie. La Russie était toujours en guerre. Dans les campagnes, les populations finirent par se soulever. Le petit levier formé par quelques centaines de bolchéviks et d'intellectuels avait pu renverser la situation et s'était retrouvé, d'une façon tout à fait inopinée, à la tête d'une immense nation sans avoir de véritable programme.

Lénine lui-même s'était laissé emporter par la fièvre des événements. En entamant publiquement une sorte de danse festive, il s'était félicité de constater que la durée de la révolution avait déjà dépassé d'un jour celle de la Commune de Paris. Pour lui qui avait toujours vu en cet événement le modèle de "sa" révolution, il y voyait déjà un extraordinaire exploit.

Six mois plus tard, le gouvernement décidait de s'installer à Moscou et en mars 1918, il abandonnait Petrograd « au froid et à la famine ».

Les bolchéviks étaient tous persuadés qu'ils vivaient une sorte d'effervescence provisoire. Ils pensaient plus ou moins inconsciemment que la Russie réactionnaire, appuyée ou menée par les anciens cadres de l'armée, des paysans et des cosaques, allait finir par revenir et s'imposer.

Seule la terreur pouvait éviter un tel retour.

Dans sa dernière lettre à Nicolas II, Raspoutine n'avait-il pas prédit l'assassinat de toute la famille impériale, ainsi que « des fleuves de sang versés sur la terre russe » ?

Le véritable drame de la Révolution, impitoyable et sanglante, allait commencer.

Les fleuves de sang

Au matin du 25 octobre 1917, Petrograd était recouverte d'affiches annonçant le renversement du Gouvernement provisoire. Les soviets avaient officiellement pris le pouvoir. Ce soir-là, on donnait *Casse-Noisette* au théâtre Marie. Le public commentait les dernières nouvelles en se transmettant les journaux et les récits des événements les plus récents.

Une semaine plus tard, Moscou tombait aux mains des bolchéviks, cette fois après une semaine de combats acharnés.

Le premier gouvernement "soviétique" est formé. Lénine en assume la présidence. Trotski est nommé commissaire aux Affaires étrangères et Staline s'impose comme commissaire aux Nationalités. Le pouvoir passe désormais intégralement entre les mains des bolchéviks. La grande force de Lénine a toujours été de tenir entre ses mains le pouvoir réel. Les mots d'ordre changeaient selon les circonstances, selon les alliés et les adversaires, mais le pouvoir restait exclusivement entre ses mains.

Son premier « décret sur la paix » appelle à une « paix sans annexions ni contributions ».

Son deuxième « décret sur la terre » abolit sans indemnisation la propriété privée de la terre, assurant dans l'immédiat aux bolchéviques le soutien essentiel de la grande majorité des paysans, et il est bientôt suivi d'une loi « sur la socialisation de la terre » qui prône l'idée d'une jouissance égalitaire.

Un troisième décret institue le « contrôle ouvrier » sur les entreprises. Une autre décision d'importance abolit la peine de mort.

En réalité, les trois décrets avaient surtout un objectif de communication. Il s'agissait d'un formidable coup de bluff propagandiste s'opposant aux promesses non tenues de « paix démocratique », de pain et de liberté. Lénine était bien disposé à promettre à chacun ce qu'il voulait, sans trop penser à l'avenir.

Les paysans veulent privatiser la terre de leurs communes ? Qu'ils la prennent. De toute façon, il est prévu que toute la terre soit confisquée et collectivisée. D'ici là, on pouvait piller ce qu'il y avait à piller pendant quelque temps : cela neutraliserait la paysannerie.

Du côté des ouvriers, ils souhaitaient, eux, diriger les usines. Bien que « le contrôle des ouvriers » soit aux yeux du leader bolchévique un détestable slogan anarchico-syndicaliste, il n'y avait aucun mal à leur accorder ce qu'ils désiraient. Lénine avait son plan : quand les industries seraient nationalisées et intégrées à un plan économique de la production, le « contrôle des ouvriers » disparaîtrait.

Les soldats réclament la paix ? Il suffit de la leur donner. Une fois instaurée la « dictature du prolétariat », les militaires seront mobilisés et largement occupés face à la guerre civile.

Si les minorités nationales veulent leur indépendance, qu'elles la demandent officiellement ! Sur le papier, le « droit à l'autodétermination » – même le droit à devenir un État indépendant – est garanti. Derrière cette apparente générosité se cache la délicate machinerie du pouvoir. Car les décisions prises au nom de l'indépendance sont annulées par le droit supérieur d'autodétermination prolétarienne.

La tactique de Lénine lui donnait un énorme avantage car aucun autre parti russe n'aurait osé afficher une telle démagogie. Toutefois plus tard, lorsqu'on lui présenta la note à payer en conséquence de ses largesses, Lénine fut contraint de faire marche arrière. Tous ceux qui, d'une manière ou d'une autre, l'avaient aidé à venir au pouvoir, se sentirent floués et lui adressèrent de vifs reproches. C'est alors qu'il dut se décider à installer un régime totalitaire, ce qui n'avait sans doute pas été son intention initiale.

Cette fois, volontairement, il allait chercher à exproprier les paysans afin d'obtenir leurs terres et d'en faire le premier volet de la « collectivisation ». Les bolchéviks commençaient la construction, pas à pas, d'un état totalitaire centralisé, fondé sur le pouvoir arbitraire du président, sans aucun contrôle de la société civile ni bien sûr aucun « contrôle ouvrier ».

De plus, Lénine était particulièrement dénué de scrupules : il était prêt à s'unir à n'importe quel allié qui puisse servir ses intérêts, tant dans son pays qu'à l'étranger. De même qu'il s'était servi de l'argent de l'Allemagne impériale, lorsque la Russie et l'Allemagne étaient en guerre, de même pouvait-il utiliser un ennemi à son profit sur des considérations tactiques.

Dans ce contexte, Lénine allait consciemment provoquer la guerre civile. Il la jugeait indispensable pour le triomphe d'idées "libératrices". D'ailleurs Soljenitsyne remarque avec lucidité à ce propos que cette guerre était « un slogan communiste, c'était le but de Lénine. Lisez Lénine et vous verrez que tels étaient son objectif et son mot d'ordre, à savoir ruiner le pays et en extirper tout ce qui avait une connotation russe. » Pourtant, à sa naissance, ce gouvernement bolchévique est refusé par les fonctionnaires civils et remis en question par le monde ouvrier.

Le nouveau pouvoir se réjouit de la convocation de l'Assemblée Constituante. Mais sa satisfaction est de courte durée : très peu de députés favorables seront élus.

Dans cette unique consultation démocratique après octobre 1917, les bolchéviks n'obtiennent en effet que 24,5% des sièges. L'assemblée ainsi composée refuse donc de voter les mesures du gouvernement révolutionnaire. Les trois quarts des députés voteront, essentiellement pour des socialistes de diverses tendances, à environ 83%. Le reste des voix se répartira entre 7,5% pour des conservateurs et moins de 5% pour les Cadets libéraux.

En ce jour de première séance de la nouvelle Assemblée, le 18 janvier 1918, une manifestation rassemble une foule mélangée d'étudiants, de lycéens, de jeunes gens et d'employés. « Les gardes rouges » leur barrent l'accès au palais de Tauride. Ces détachements ouvriers armés se sont formés sommairement au cours de la révolution de février. À partir d'avril, les bolchéviks les ont encadrés de plus près en leur faisant jouer le rôle d'une police civile ordinaire. Leur mission affichée était de protéger la révolution. Cette fois, les Gardes rouges le font sans hésiter à tirer. Parmi les manifestants, on décompte huit morts et des dizaines de blessés.

Ignorant les prises de position de l'Assemblée Constituante, les bolchéviks « nationalisèrent » rapidement toute l'économie. Ils placèrent sous contrôle ouvrier les usines, après avoir pillé les coffres-forts des particuliers dans les banques. Au printemps 1918, ils mirent la main sur les récoltes des paysans.

Dès le mois qui avait suivi le coup d'État d'octobre 1917, Lénine avait fait main basse sur la police secrète tsariste. Il avait mis entre les mains de ses agents une alternative radicale : la participation à la révolution bolchévique ou la mort. Une fois cette fidélité acquise, il réquisitionna les moyens de communication pour les besoins exclusifs des bolchéviks.

Il fit naître ainsi l'instrument privilégié de son régime, « chargé de combattre la contre-révolution et le sabotage ». Cet organe allait désormais être désigné par les premières syllabes des mots russes « commission extraordinaire » : Tcheka.

Dès ses premiers pas au pouvoir, le régime bolchévique a pointé du doigt un danger mortel : le capitalisme. Toute l'élite bolchévique a été formée dans cette suspicion paranoïaque qui rejoignait l'imagerie familière à la cour des tsars : notre Russie est « une citadelle assiégée » qu'il faut sans cesse défendre.

Toutefois, une grande partie des intellectuels russes accepta le discours prometteur des bolchéviks. Emportés par l'élan d'un marxisme romantique, ils assimilaient la révolution à « un ouragan gigantesque, une bourrasque de neige, un tourbillon effréné de forces irrationnelles ». Le parallèle entre l'histoire et la nature devint même un leitmotiv lyrique.

Le poète Boris Pasternak compara ainsi le mouvement de la foule révolutionnaire à la poussée puissante et inéluctable de la nature : « Hier, j'observais le meeting de nuit. Un spectacle stupéfiant. Elle s'est réveillée, notre petite mère la Russie, elle ne tient plus en place, elle va et vient sans se lasser, elle parle, parle, sans se lasser. Et ce ne sont pas les hommes seulement. Les étoiles et les arbres se sont réunis et bavardent, les fleurs de nuit philosophent et les maisons de pierre tiennent des meetings ! » Une véritable mystique cosmologique.

En Russie, au moins dans les grandes villes, les années de Lénine sont le temps de toutes les expérimentations, du « social engineering » et des clubs.

Alexandra Kollontaï, prophétesse de l'amour libre, promeut la création d'appartements communaux. Elle y voit un formidable moyen de libérer la femme des tâches ménagères, de la cuisine et de la garde des enfants. Ces logements deviendront le cauchemar des Soviétiques pendant les trois quarts de siècle suivants. De même, les civilités évoluent. *Tovaritch*, « camarade » remplace le traditionnel *gospodine*, « Monsieur ». L'alphabet est épuré, le vocabulaire, simplifié et truffé d'acronymes.

Si tant d'ouvriers et d'intellectuels ont été séduits par les idées bolchéviques, c'est sans doute en raison de la faiblesse de la social-démocratie européenne. En 1914, cette fraction politique est l'héritière d'un mouvement de rationalisme et d'acceptation de réformes de plus en plus fort, avec des gens comme Jaurès en France, mais aussi des dirigeants sociaux-démocrates allemands. Or elle a été impuissante à empêcher le déclenchement du conflit mondial. Elle n'a pas été plus efficace que ces dynasties européennes toutes mariées entre cousins et qui ne sont pas parvenues à faire la paix. Les politiciens libéraux, eux non plus, n'ont pas su imposer leurs idées contre la guerre. Quant aux forces de la gauche traditionnelle, elles en étaient également incapables.

Alors les bolchéviks imaginent qu'en cherchant dans les bas-fonds et les campagnes, ils trouveront une vague révolutionnaire. Il leur paraissait évident qu'après les temps difficiles que le peuple avait connus, il se laisserait séduire par la perspective d'une ère extraordinaire.

C'est ainsi qu'un certain nombre d'hommes et de femmes ont accepté de suivre des meneurs dont les projets ne correspondaient pas à leurs idéaux. Ils estimaient acceptable de tolérer pour un temps la violence nécessaire pour que naisse une nouvelle société. Alors, enfin, les difficultés que l'ancien régime n'avait pas surmontées seraient définitivement aplanies.

Avec la Première Guerre mondiale et ses grands traumatismes, la Russie était un pays à genoux dans lequel ces idées ont pu susciter un véritable intérêt. Le poète et dramaturge Vladimir Maïakovski était une figure phare de ces intellectuels modernisateurs. Il incitait lui-même ceux qui l'écoutaient à s'unir à la frange la plus archaïque de la société pour accéder à la victoire. Mais le jeu subtil des forces n'était pas dans l'air du temps : Staline, futur dictateur du Kremlin, n'était pas du côté des intellectuels et allait rapidement montrer avec quelle brutalité il pouvait résoudre les problèmes.

Au moindre relâchement, Lénine recommandait d'éliminer physiquement le plus de monde possible. Déjà, bien avant Staline, il avait inventé et pratiqué la terreur de masse.

« La justice ne doit pas éliminer la terreur… elle doit lui donner une assise et une légitimation sur le plan des principes, clairement, sans fausseté et sans fard. La formulation doit être la plus large possible », écrivait crûment Lénine à Gorki, le 17 mai 1922, peu avant de tomber malade.

C'est écrit de sa propre main. Lénine voulait avancer, il n'avait pas de regrets. Il se reprochait parfois d'avoir poussé Staline en première ligne, car il ne lui pardonnait pas son comportement avec sa maîtresse et plus encore avec sa femme. D'ailleurs, Lénine lui-même allait subir le même traitement. À la fin de sa vie, alors que la maladie l'obligeait à rester chez lui, Staline le fera arrêter et prendra pendant ce temps le contrôle politique du pays.

Il arrivait parfois à Lénine d'opérer de brusques virages politiques. En 1918, il avait réglé de manière expéditive « la paix de Brest-Litovsk », bradant aux Allemands une grande partie de son territoire : en une journée, la Russie avait été ramenée au grand-duché de Moscovie et retrouvait ses dimensions du XVIè siècle, avant l'avènement d'Ivan le terrible. De leur côté, les Allemands tiraient parti du cessez-le-feu et de la paix. Plus tard, l'instauration de la NEP, « la nouvelle économie politique », sa plus fine réussite tactique, marquera aussi son art du compromis même avec le capitalisme.

En 1956, au XXe congrès, Khrouchtchev et son équipe ont fait porter à Staline la responsabilité de la terreur, de toutes les fautes les plus graves du communisme. Leur entreprise a été couronnée de succès. Les historiens politiquement corrects ont voulu voir dans ce partage des périodes du communisme une subtile construction politique : Lénine qui regrette, Trotski, superbe intellectuel et Staline incarnant « le diable absolu ». Pourtant, c'est à mon sens, un point de vue tout à fait discutable. Tous les trois avaient un point de convergence évident : instrumentaliser la violence au service de leur politique.

Mais revenons en 1917. Le régime a été durablement installé et le nombre des membres du Parti a été multiplié par six au cours de cette seule année. Il en sera de même durant chacune des trois années suivantes.

Rapporté à l'ensemble de la population russe globale, cela reste un petit cercle. Toutefois, ce sont des hommes et des femmes actifs et déterminés. La société cache en effet de vastes poches d'archaïsme révolutionnaire qui peuvent se réveiller et provoquer des résultats exceptionnels et terribles. Le bolchévik Nikolaï Boukharine résumait de la façon suivante : « Qu'est-ce que la révolution russe ? C'est Pougatchëv – le chef de la grande jacquerie contre Catherine II – plus le télégraphe ! »

Dès l'été 1918, la révolte contre les bolchéviks se généralisa, tant dans la paysannerie que chez les ouvriers, ouvrant la voie au conflit civil et à la terreur généralisée.

Alors commença la guerre civile, qui opposa les bolchéviks aux « armées blanches », constituées par des rassemblements de troupes d'anciens officiers tsaristes dans le sud et l'est du pays, dès novembre 1917. Ces trois années de conflit intérieur ont apporté à tous les habitants de Russie des malheurs aussi sanglants qu'innombrables avec de terribles exactions des deux côtés. Les pillages et les pogroms commis par les armées blanches survinrent dès la fin 1918 et se prolongèrent jusqu'au début 1920.

Ces désordres, associés à un fort antisémitisme, contribuèrent finalement à l'échec des contre-révolutionnaires. Ils n'incitèrent en effet qu'un faible nombre de Juifs russes à les rallier et ils coupèrent les Blancs du soutien des opinions publiques anglaise et américaine, de celui des Juifs occidentaux et de l'essentiel de l'aide de ces pays, déjà séduits par « les bâtisseurs du Monde Nouveau », comme se présentaient les partisans de Lénine.

Les bolchéviks manœuvrèrent adroitement, en Russie et à l'étranger, pour se dédouaner dans l'opinion publique de tels agissements, en passant sous silence leur contribution aux premiers progroms. L'histoire a retenu en particulier les violents événements de l'hiver 1917-1918 à Gloukhov, puis au printemps 1918 à Novgorod-Séversk, pendant le reflux de l'Armée rouge d'Ukraine, et fin août 1920 en Pologne, lors du retrait de la première armée de cavalerie.

Ajoutés à la concurrence entre les généraux de la contre-révolution et au manque de concertation de ces derniers avec les alliés, ils permirent aux bolchéviks de venir à bout de leurs ennemis.

Les armées blanches battirent en retraite sur tous les fronts dès novembre 1919. Leurs leaders furent décapités, à l'image de l'amiral Koltchak qui a été capturé et fusillé par les bolchéviks. Au printemps 1920, les généraux Denikine et Wrangel arrêtèrent les hostilités et purent évacuer la quasi-totalité de leur armée.

La guerre civile se poursuivit au sud et au nord du pays, atteignant son point culminant entre l'été et octobre 1919. Dans son essai *La Russie sous Poutine*, Jean-Jacques Marie estime le nombre de victimes de ce conflit à quatre millions et demi de morts (dont 980 000 soldats de l'Armée rouge) et à quatre millions et demi d'orphelins. Soljenitsyne, lui, avait évalué son effroyable bilan – incluant les victimes de la famine provoquée par la gestion bolchévique – à douze millions d'hommes et l'analyse comme une « modification de la substance du peuple ».

Parallèlement à ces combats sur le territoire russe, le gouvernement soviétique instaura le monopole du parti-État sur la production et la distribution des biens. Lénine inventait ainsi le « communisme de guerre », qui mena au chaos généralisé. Il entraîna en particulier la terrible famine des années 1920-1922, qui n'était pourtant pas vécue par le pouvoir comme un échec de son action. En effet, selon la formule terrible de Lénine, la famine pouvait être « socialement bénéfique ».

Le recours aux meurtres de masse à justification idéologique apparut vite comme un principe fondamental de son régime : « Une révolution sans pelotons d'exécution n'a aucun sens », proclamait-il. Comparant son effet à celui de la Terreur de la révolution française, Lénine se montrait impitoyable. Il ajoutait encore : « Cette terreur prolétarienne ne vaut qu'en étant menée de façon industrielle et systématique ».

La révolution devait se faire « par ce moyen, en ce moment historique précis, ou jamais ». Une caractéristique de Lénine est donc l'absence de toute pitié, d'une quelconque humanité dans les rapports avec les gens, les foules, envers ceux qui ne le suivaient pas aveuglément.

Un autre leader, Trotski, se posa aussi ouvertement en praticien et en théoricien de la terreur, enjoignant d'accélérer la répression, exigeant des contingents d'exécution pour accélérer, selon sa formule, le « nettoyage définitif ».

Trotski a par ailleurs doté son organisation d'une double sécurité en plaçant des contrôleurs des exécutions : les commissaires politiques, s'inspirant une fois encore de l'exemple français et d'une idée de Robespierre qui avait créé le corps des « représentants en mission ». Il pensait ainsi familiariser petit à petit les militants du Parti avec la pratique militaire. Trotski a également eu largement recours aux représailles, en particulier sur les proches des soldats. Si un ancien officier tsariste engagé dans l'armée rouge trahissait, toute sa famille était exécutée. La révolution ne souffrait pas d'hésitation.

L'assassinat du tsar

L'assassinat du tsar et de sa famille entrait dans cette effroyable logique.

L'historiographie soviétique affirma que, constatant qu'Iekaterinbourg était sur le point de tomber, le soviet régional décida d'exterminer la famille impériale, préalablement transportée dans l'Oural.

Toutefois, cette version ne correspond pas à la réalité. Trotski confirma dans ses lettres que la décision d'assassiner le tsar et sa famille fut préalablement prise par Lénine au cours de l'été 1918 et transmise secrètement au soviet local par un autre bolchévik de renom, Sverdlov. D'après ce dernier, Lénine « ne voulait pas laisser ce drapeau vivant ».

La nouvelle fut brièvement annoncée le 18 juillet à la réunion des commissaires du peuple, puis Lénine, pragmatique, passa à l'ordre du jour…

Dans les années 1990 puis 2000, des prélèvements scientifiques eurent lieu dans la villa Ipatiev, confirmant que Nicolas II et ses proches y furent assassinés.

Cette maison, qui doit son nom à son ancien propriétaire, l'industriel Nikolaï Ipatiev, a acquis au cours de la révolution bolchévique le surnom terrible de « maison à destination spéciale », une sorte d'étape préalable à une mort annoncée.

Construite vingt-et-un ans auparavant, elle possédait tout le confort moderne de l'époque : électricité, téléphone, grands volumes, salle de bains tout équipée avec toilettes, jardin avec terrasse, etc. Implantée sur un terrain en pente dans le centre historique de Iekaterinbourg, dans l'Oural, elle avait la particularité d'avoir son rez-de-chaussée en partie enterré.

Le 27 avril 1918, le pouvoir bolchévique ordonna la réquisition de cette maison pour y enfermer la famille Romanov en résidence forcée. Ipatiev et sa famille furent chassés de leur habitation, temporairement leur dit-on. Puis on apporta quelques modifications avant d'accueillir l'ancienne famille impériale, afin d'assurer la plus haute sécurité : une double palissade élevée dans le jardin protégeait de tout regard extérieur, des mitrailleuses installées sur les toits interdisaient toute intrusion inopinée. Ainsi modifiée, la villa offrait les atouts d'une véritable prison.

Un rapport confidentiel retraçant le déroulement des événements fut rédigé par Iakov Iourovski, un membre de la Tcheka, la police politique soviétique. Il dirigea le commando des tueurs. Selon ce rapport, dans la nuit du 16 au 17 juillet, le peloton d'exécution, composé de Lettons et d'ex-prisonniers austro-hongrois, se présenta dans la maison qui « abritait » le tsar et les siens. Prétextant des troubles dans les environs, le chef du groupe pria ces derniers de descendre à la cave pour se mettre à l'abri. Là, il annonça à Nicolas II, atterré, qu'il avait été condamné à mort.

Selon le compte rendu du chef des assassins, l'empereur fut visé le premier, suivi des autres membres de sa famille : la tsarine Alexandra et trois des grandes-duchesses, Olga, vingt-deux ans, Tatiana, vingt ans, Anastasia, seize ans. Vint ensuite le tour du tsarévitch Alexis âgé de treize ans et malade au moment des faits. Les grandes-duchesses furent chacune exécutées d'une balle dans le visage, afin de les rendre moins reconnaissables – ce qui a été confirmé lors de l'examen médico-légal de leurs crânes, après exhumation. Quatre membres de leur entourage furent tués en même temps : le docteur Eugène Botkine, le valet Alexei Trupp, le cuisinier Ivan Kharitonov et la femme de chambre Anna Demidova.

Les geôliers se disputèrent les bijoux que chacun avait disséminés dans ses vêtements. Puis ils s'interrogèrent sur le sort des cadavres. Ils décidèrent de transporter les corps jusqu'à la forêt de Koptiaki où ils les jetèrent dans un puits de mine à ciel ouvert, au lieu-dit des Quatre-Frères.

Le lendemain, par peur d'avoir été surpris ou craignant que les dépouilles soient trop faciles à retrouver, ils les récupérèrent et tentèrent de les brûler en les ayant arrosées d'essence. Mais après avoir calciné deux corps, ils abandonnèrent cette méthode trop longue et firent asperger les autres d'acide sulfurique. Ils les enterrèrent ensuite dans une seconde fosse qu'ils recouvrirent de traverses de fer.

Bien des années plus tard, l'archéologie et la géologie firent avancer la connaissance de ce drame historique. À la fin des années 1970, un géologue local, Alexandre Avdonin, localisa la fosse commune où reposaient, d'après ses recoupements, les restes de la famille impériale. Il avait eu accès au rapport de Iourovski mais il tut sa découverte jusqu'à la chute de l'Union soviétique. En juillet 1991, munis de cette information, des scientifiques retrouvèrent dans une forêt proche de Iekaterinbourg le lieu où avait été inhumée en 1918 une grande partie des Romanov.

Le recul tactique

Le tsar et sa famille étant éliminés, les défaites s'accumulant pour les "Blancs", l'alternative qu'ils auraient pu représenter fut définitivement mise à mal. Les bolchéviks sortirent vainqueur de la guerre civile. Selon le mot du général Wrangel, l'un des chefs emblématiques de l'armée blanche, la « conduite incroyablement dissolue » des officiers de cette armée et l'antisémitisme de ses soldats ont provoqué leur défaite.

Ils se rendirent coupables, en effet, de multiples méfaits, comme ceux de l'armée de Denikine qui brûlait les villages et achevait les prisonniers. Contrairement à Wrangel qui avait su discipliner même les premiers cosaques dont on lui avait confié le commandement, Denikine qualifiait l'armée des volontaires d'« armée de pillards » (*grabarmia*) et luttait, sans succès, contre ce « fléau national » qu'étaient les pillages généralisés et massifs de la population civile. Un tel comportement lui aliénait systématiquement la population et provoquait des insurrections paysannes sur ses arrières. Les bolchéviks en profitèrent adroitement pour jeter l'opprobre sur ces "soldats blancs", tant dans l'opinion publique russe qu'à l'étranger.

En 1922, l'aura de Lénine a marqué un net recul avec la NEP. La Nouvelle Politique Économique induisit, dès 1921, une forme de libéralisation économique dans le pays. Il s'agissait d'un réel tournant dans l'idéologie bolchévique au pouvoir. Cette stratégie économique a été élaborée pour redynamiser le pays qui sortait de la Première Guerre mondiale et avait vécu une révolution, supporté une guerre civile, souffert d'une grande famine. À dire vrai, ce fut un « repli stratégique » dans la construction du socialisme, imposé par les circonstances et justifié par le retard économique de la Russie : « [...] Nous ne sommes pas assez civilisés pour pouvoir passer directement au socialisme, encore que nous en ayons les prémices politiques », avait déclaré Lénine.

Bien qu'il s'agisse de « faire au capitalisme une place limitée pour un temps limité », Lénine n'avait toujours pas fixé de limites dans le temps à la NEP lors de sa mort en 1924.

La guerre civile prend fin en 1921 et la Russie, un pays industriellement peu développé et à forte composante paysanne, est considérablement affaiblie économiquement. Le potentiel productif est au-dessous de son niveau d'avant-guerre. Les réseaux de transports, surtout ferroviaires, sont en grande partie inutilisables.

De plus, la révolution internationale n'a pas suivi la révolution d'Octobre : la tentative allemande a échoué en 1918.

Selon Lénine, la révolution se trouve donc dans une situation problématique où les conditions politiques et économiques du socialisme sont séparées : le prolétariat a pris le pouvoir politique dans un pays où le niveau de développement capitaliste ne permet pas le passage au socialisme. Pour l'internationaliste Lénine, « la victoire totale de la révolution socialiste est impensable dans un seul pays » et « elle exige la collaboration la plus active d'au moins quelques pays avancés, au nombre desquels nous ne pouvons pas ranger la Russie ».

Devant la crise qui secoue le pays, Lénine comprend qu'il doit impérativement produire davantage pour nourrir la population. Le Parti opte alors en 1921 pour une augmentation rapide des forces de production dans tout le pays. Tout en affichant un contrôle par l'État ouvrier, c'est une forme de capitalisme qui s'instaure. Le prolétariat doit conserver le pouvoir politique jusqu'à la prochaine crise révolutionnaire, tout en maintenant de bonnes relations entre le prolétariat et la paysannerie pauvre.

La Nouvelle politique économique instaure ainsi une stratégie en apparence contraire aux idéaux bolchéviques : elle encourage le capitalisme d'État pour l'industrie et le capitalisme privé pour le monde paysan. Car il y a urgence : il faut absolument sortir la Russie de l'épouvantable famine qui la frappe. Toutefois, Lénine n'y voit qu'une contrainte nécessaire, une étape obligée avant de revenir aux nationalisations et à la collectivisation, piliers irremplaçables, à ses yeux, du nouveau monde qu'il veut faire naître.

La déchirure

Absorbé par ces évènements, Lénine n'avait plus beaucoup de temps à consacrer à "la femme de sa vie", Inès Armand. Le nouveau gouvernement soviétique ayant quitté Petrograd pour Moscou, Lénine lui écrivait peu mais lui téléphonait fréquemment.

La vie privée d'Inès était elle aussi quasi inexistante. Elle occupait des postes importants au comité central du parti et au conseil économique. De plus, durant le printemps et l'été 1918, les armées blanches remportèrent de très grands succès, conquérant tous les centres vitaux de la Sibérie, de l'Oural et de la moyenne Volga. Avec ces victoires, ils instillaient le doute sur la crédibilité et la pérennité du nouveau pouvoir.

Tous les chefs bolchéviques avaient quitté Moscou. Trotski lui-même faillit tomber aux mains des Blancs en août. Il traversait le pays dans son légendaire train blindé et voyait « à travers les vastes plaines de la Russie… une guerre sanglante, sans être le moins du monde ému ni par les souffrances inouïes des habitants de ce pays, ni par leurs malheurs mais, porté par les ailes de l'ivresse internationaliste, il était bien au-dessus, bien au-dessus de tout cela. » Seul Lénine resta au Kremlin. Il envisageait d'ailleurs la défaite au point de préparer un éventuel passage du parti dans la clandestinité.

L'époque était particulièrement difficile. On faisait la queue durant des heures pour obtenir un peu de bois, de charbon ou de pétrole car il n'y avait plus d'électricité. On brûlait ses derniers meubles ou on en faisait du bois qu'on vendait, en échange de quelques pommes de terre gelées. Parfois, les magasins recevaient de maigres produits à vendre. Il n'était pas question d'emprunter un tramway ou une voiture : depuis longtemps déjà, les derniers chevaux avaient été mangés. Il fallait dès lors s'atteler aux chariots ou pousser une luge pour conduire vers leur dernière demeure les innombrables morts.

Quant à Inès, acquise à la cause léniniste, elle s'efforçait d'ignorer ces difficultés, inévitable passage obligé en vue d'un monde meilleur.

Dans cette ambiance apocalyptique, Lénine demeurait très attaché au concept traditionnel de l'amour et Inès l'accompagnait toujours, du moins par la pensée : « Dis-moi, s'il te plaît, écrivait-il, ce qui ne va pas. Nous vivons une époque effrayante… » En cette période de privations pour tous, il s'efforçait de lui procurer un peu de tendresse et de lui témoigner une attention particulière au milieu des considérations stratégiques du pays. Sur un billet glissé au beau milieu de nombreux documents officiels, il lui écrivait : « Camarade Inès, j'ai téléphoné pour savoir quelle taille de galoches te convient, j'espère pouvoir m'en procurer. Écris-moi pour me dire comment va ta santé. Qu'est-ce que tu as ? Le médecin est-il venu te voir ? »

Pourtant, Inès se sentait de plus en plus isolée et ces missives ne suffisaient plus à lui faire oublier sa lassitude. Épuisée par son travail et par la réalité tragique de la guerre civile, elle était accablée de chagrin et de fatigue.

Son tempérament mélancolique, sensible, qui se manifestait en Suisse ou à Paris, avait laissé la place à une véritable dépression. Avait-elle intuitivement conscience que les actions de son bien-aimé étaient loin, bien loi des idéaux de leurs années parisiennes ?

Un cliché de cette époque témoigne de tout le désespoir qui émane de son regard vide. L'échec de son amour, le fiasco de la révolution poussèrent bientôt Inès à s'éloigner de cette lugubre existence moscovite pour retrouver ses enfants.

Elle songea bien sûr à la France et s'en ouvrit à Lénine. Il lui proposa d'aller plutôt se reposer au

Caucase. Il télégraphia personnellement à toutes les instances pour qu'Inès fût bien accueillie.

Le splendide paysage du Caucase déroulait devant ses yeux l'exubérance de ses couleurs. Mais cette femme éteinte ne les voyait pas. Ses messages soulignaient la noirceur des imposants rochers, mais ignoraient toujours les horizons immuablement beaux.

Désormais, elle choisissait la solitude. Elle avait définitivement oublié les idées romantiques de sa jeunesse et se noyait dans une profonde détresse : « J'éprouve un désir sauvage d'être seule. Cela m'épuise même quand les gens qui m'entourent me parlent, à plus forte raison quand je dois parler moi-même. Ce sentiment de mort intérieure passera-t-il ? … Je suis aussi surprise par mon actuelle indifférence à la nature. Autrefois, elle m'émouvait… Il ne me reste des sentiments chaleureux que pour les enfants et Lénine. Pour tout le reste, c'est comme si mon cœur était mort. Comme si, ayant livré toute ma force, toute ma passion à Lénine et au travail… toutes les sources d'amour avaient tari en moi, toute ma sympathie pour les gens, que j'avais tant en réserve. Il ne m'en reste aucune, sauf pour Lénine et mes enfants, et quelques relations personnelles, mais seulement dans le travail. Et les gens sentent cette mort en moi, et ils me témoignent en retour l'indifférence ou même l'antipathie (alors qu'on m'adorait)... je suis un cadavre vivant et c'est terrifiant ».

« ...Dans ma vie, dans mon passé, il me fallut plusieurs fois sacrifier mon bonheur et mon amour à la révolution. Et pourtant, j'étais persuadée que l'amour était aussi important que les affaires politiques. Maintenant, je pense différemment. Comparé à la vie publique, l'amour n'a pas d'importance. La comparaison est même impossible. Il est vrai que l'amour tient encore une place considérable dans ma vie, il me fait souffrir cruellement, il occupe trop mes pensées. Mais si grande que soit ma douleur, je ne doute pas un seul instant, je comprends que l'amour, les sentiments personnels ne sont rien à côté des réalités de la lutte. »

Son journal s'achève par ces affirmations paradoxales et contradictoires. Il lui fallait concevoir des excuses pour expliquer la conduite de Lénine et elle espérait intimement que l'amour pouvait encore la sauver. Toutefois, pour tenter de reprendre en mains sa santé fragilisée, elle accepta de partir dans un sanatorium.

Dans le Caucase, des bandes armées qui s'opposaient à l'armée régulière surgissaient partout. Les Rouges n'avaient pas encore imposé leur loi sur cette région. La guerre civile et l'anarchie n'épargnaient ni les sanatoriums ni les centres hospitaliers.

Inès ne trouva dans les deux jours de voyage ni confort ni commodité. Elle dut se passer de repas chauds et dormir tout habillée sur les banquettes des compartiments abandonnés. Elle traversa des gares livrées à un désordre inimaginable, reflets de l'état des chemins de fer dans tout le pays. Elle mangea seulement des légumes et des fruits crus, non lavés, et elle attrapa le choléra.

Grâce à son journal intime, on suit la progression de sa maladie. Peu à peu, ses pensées se brouillèrent, sa mémoire défaillit. Elle mélangeait les souvenirs du passé et les visions apocalyptiques du présent. Il lui semblait entendre en continu les roulements d'un tambour mêlés à une lamentation rauque, une complainte mélancolique issue des profondeurs slaves et s'accordant au chant de désespoir de son âme.

Le jour de sa mort, elle écrivit encore dans son journal et lui confia une étonnante référence à l'histoire romaine : « Je suis faible à cet égard, absolument pas comme une matrone de la Rome antique prête à sacrifier ses enfants aux intérêts de la République. La guerre va durer longtemps puis il y aura la révolution mondiale. Nos vies en ce moment ne sont que sacrifice, il n'y a pas de vie personnelle parce que notre force est sans cesse utilisée par la Cause commune... » Le soir même, elle rendit son dernier souffle.

Inès, la compagne des premiers jours, n'était plus. Le télégramme annonçant sa disparition allait faire vaciller le chef bolchévique : « Priorité absolue Lénine, le Kremlin. Impossible de sauver camarade Inès Armand atteinte du choléra. Elle est morte le 24 septembre 1920. Renvoyons corps à Moscou. »

Lénine ne pouvait pas y croire. Accaparé par les préoccupations du pays, il avait encore demandé le matin même que l'on veillât sur elle. On lui avait répondu que « tout allait très bien ». À la lecture du message, son visage changea subitement, son pas encore alerte quelques instants auparavant s'alourdit. Le leader de la révolution accueillit la dépouille de sa bien-aimée et il accompagna le cercueil jusqu'à la place Rouge.

Pourtant, quelques années auparavant, Inès avait émis ses premiers doutes à l'égard de son amant. À l'époque, elle aurait confié à ses amis : « Lénine est un hypnotiseur et je ne puis m'en détacher ! » Elle voyait dans les bolchéviks des « intellectuels dévoyés » et non ces sauveurs du prolétariat qu'ils prétendaient incarner. Si l'intelligentsia bolchévique, radicale et sûre d'elle, se concevait comme une nouvelle aristocratie, appelée à régénérer la société et l'État au même titre que l'Église, elle abjurait de plus en plus la moralité ordinaire. Lénine, comme d'autres leaders bolchéviques, s'octroyait tous les pouvoirs, y compris celui de vie et de mort.

Inès fut mise en terre en grande cérémonie au pied du mur du Kremlin, le 12 octobre 1920. Lénine y déposa une magnifique couronne de lys blancs.

Alexandra Kollontaï, célèbre féministe et ambassadeur soviétique, déclarera plus tard qu'il n'avait pas pu survivre à "la femme de sa vie".

La fin de Lénine

Lénine passait désormais son temps dans la propriété de Gorki, à trente-cinq kilomètres de Moscou. Elle se trouvait dans une région déserte, surplombant des champs et des bois, suffisamment à l'écart pour lui permettre le repos.

La maison à deux étages qui l'accueillait était cernée de verdure. Au fond du parc se trouvait un vaste étang où il se rendait très souvent. Il s'y baignait, faisait du canotage, cueillait des fleurs, ramassait des champignons. Depuis l'attentat dont il avait été la cible en 1918, il était gardé avec une grande vigilance. Parfois, il se jouait de la surveillance en se cachant dans les buissons ou en prenant des chemins de traverse dans la forêt. Les gardiens, affolés, le retrouvaient peu de temps après, auprès des enfants qui tentaient d'attraper les poissons des cours d'eau environnants.

Vers la fin de l'année 1921, Lénine commença à se plaindre de vertiges, de fatigues et d'insomnies. Ses maux de tête devinrent de plus en plus fréquents. Il fit alors de Staline son plus proche collaborateur, à la fois membre du Bureau politique et du Bureau d'organisation du Parti puis en 1922 secrétaire général du parti bolchévique.

Joseph (Ossif) Vissarionovitch Djougachvili, qui prendra plus tard le surnom de Staline, est né en 1878 à Gori, une ville proche de Tiflis, la capitale de la Géorgie. Officiellement fils d'un paysan-cordonnier et d'une paysanne, c'était sans doute un bâtard dont le père présumé est un savetier alcoolique et sans le sou. Ses parents ont impitoyablement battu leur fils.

À l'âge de six ans, sa main gauche fut abîmée et durant toute sa vie, il ne put l'utiliser que d'une manière très limitée. De nature souffreteuse, il a été très souvent malade durant son enfance.

Illettrée, sa mère décida de le confier à une école religieuse qui le conduisit ensuite au petit puis au grand séminaire. Durant six années d'études, il y rumina l'Ancien et le Nouveau Testament, la Vie des Saints, l'histoire de l'Église.

Il rencontra le mouvement social-démocrate qu'il se mit à fréquenter pendant quatre ans. Devenu athée, il fut chassé du grand séminaire en 1899 et s'engagea au service de la révolution. Ses premiers faits d'armes furent l'attaque de banques pour financer le parti. Il n'hésita pas ensuite à participer à des actions terroristes.

Capable de réunir des foules autour de ses discours, il connut vite le vertige du pouvoir et « sa saveur inoubliable ». Arrêté, il passa deux ans en prison puis il prit activement part aux événements de 1917. C'est en dirigeant la *Pravda*, le principal journal bolchévique, qu'il devint l'une des éminentes personnalités du mouvement. Il sera ensuite nommé commissaire aux nationalités dans le premier gouvernement de Lénine. Son tempérament se caractérisait par la cruauté et la soif de vengeance.

En mai 1922, Lénine fut victime d'une première attaque cérébrale qui préfigurait déjà la fin de son règne. Pendant cette période, il s'employa à abattre ses derniers ennemis.

Le 19 mars, il adressa au Bureau politique une note exigeant la "disparition" des dignitaires de l'Église orthodoxe. Le 20 mai, il proposa un plan « d'expulsion des écrivains et des professeurs aidant la contre-révolution ».

Il donna également ses directives pour la rédaction du nouveau code pénal. Ces règles de droit allaient devenir la référence pour l'organisation du prétendu "procès" des leaders socialistes révolutionnaires.

Sur cette toile de fond s'amorça une délicate mais non moins impitoyable guerre de succession. Trotski était de loin le plus populaire des dignitaires bolchéviques. Mais il commit l'immense erreur de prendre de haut Staline, en le désignant comme « la plus éminente médiocrité du parti ».

À cette époque, la police politique devenait un soutien inébranlable de Staline qui, le 30 décembre 1922, se vit confier par le Comité central la responsabilité personnelle de l'isolement de Lénine.

Ainsi le destin du vieux leader bolchévique fut-il livré à la volonté de Staline. Paralysé de la jambe et de la main droite, cloué au lit, le chef historique du Parti était déjà hors-jeu. Le 23 décembre, sentant venir sa fin, Lénine se demandait s'il avait porté à sa succession quelqu'un de « trop violent ».

Il utilisa sa dernière arme en appelant l'une de ses secrétaires pour lui donner la première partie de ce qui deviendrait son testament politique : trois notes dictées entre le 23 décembre 1922 et le 4 janvier 1923. Il y soulignait la nécessité de limiter les pouvoirs excessifs de Staline car il avait en mains tous les cadres du Parti. Lénine souhaitait d'ailleurs l'écarter du secrétariat général.

Toutefois, ce testament reste ambigu car Lénine y dénonçait aussi les rivalités de clans et l'irresponsabilité de ses camarades de lutte. Il s'inquiétait des dissensions idéologiques entre les différentes factions. Il fustigeait également l'ambition démesurée de Trotski qui agissait davantage « en homme d'État qu'en homme de Parti ». De même, il pointait la « grossièreté » et le « chauvinisme » de Staline et suggérait son remplacement par quelqu'un de « plus tolérant, plus loyal, plus poli et plus attentif envers les camarades ». Pourtant au début de la révolution, Lénine utilisa sans vergogne l'extrême brutalité de celui qu'il avait qualifié de « merveilleux Géorgien ».

La jeune femme transmit immédiatement la missive à Staline. Après l'avoir lue, celui-ci s'enquit de l'état de santé de Lénine.

Ce document daté du 4 janvier 1923 ouvrait-il définitivement à Trotski les portes du pouvoir ? Des chercheurs et des historiens ont tenté de vérifier l'authenticité de ces notes. Il est curieux de constater que les trois feuillets dactylographiés ne portent pas la signature de Lénine. La disparité de ton entre les écrits originaux de Lénine, qui ne s'opposèrent jamais à Staline, et ce soudain "testament" si hostile, laisse plutôt imaginer une cabale menée pour échafauder la succession de Lénine.

L'historien V.A. Sakharov s'est plongé dans l'étude de ces fameux feuillets. Il a scruté le rapport quotidien des secrétaires et les carnets des médecins qui détaillent l'évolution de sa maladie durant les dernières semaines de Lénine. Il s'est également appuyé sur des réflexions originales de Lénine pour traquer les coïncidences politiques. Il en a conclu à une contrefaçon. Il a en effet repéré dans le journal de Lénine des pages entières partiellement vides, comportant seulement quelques notations irrégulières. Il n'était alors pas bien difficile de remplir les espaces laissés libres et de modifier ainsi la perception que l'on aurait des propos du chef bolchévique…

Mais à qui pouvait profiter cette intrigue ?

Elle contribuait en premier lieu à aider Trotski, ainsi que deux membres du Politburo, Grigori Zinoviev et Nikolaï Boukharine, secondés par la fidèle secrétaire Fotieva. Ils ont attendu que Lénine ne soit plus capable d'écrire ni de dicter pour se mettre en marche.

Trotski aurait d'abord composé l'article sur la question des nationalités ou de l'autonomie, une habile manœuvre stratégique. Mais son plan allait échouer en avril 1923 lors du 12ᵉ congrès du parti qui proclama l'État de l'URSS. En se fondant sur des propos attribués à Lénine, les conjurés ont donc essayé d'affaiblir la centralisation du pouvoir de l'URSS. « Le combat contre eux a été mené par Staline. C'est exactement pendant ce temps de débat sur l'URSS que l'article prétendument écrit par Lénine a été distribué par Trotski et donné au secrétariat de Lénine pour être enregistré dans le journal. »

Tout cela n'a été rendu possible que par la complicité inattendue de Nadejda Kroupskaya, l'épouse de Lénine. En mai 1923, elle a confié à l'ambitieux Zinoviev une note ayant trait aux membres du Comité central. Il s'agissait, disait-elle, d'un texte « dicté » su 24 au 25 décembre 1922.

Elle ne l'a pas remis au Secrétariat du Comité central, ni aux mains du Politburo mais à un seul de ses membres, rival de Staline, qui ne cache pas son ambition de devenir le futur dirigeant suprême du Kremlin. À diverses reprises, Trotski, Zinoviev et Boukharine vont tenter de placer Staline « sous la direction du parti », autrement dit sous leur contrôle. Lorsque la veuve de Lénine a révélé que son mari trouvait Staline trop brutal, au point qu'il demandait au bureau de le démettre de son poste de Secrétaire général, « le merveilleux Géorgien » a réagi en la contraignant à publier un démenti dans la *Pravda*. Si besoin était, cette menace venait conforter une fois encore le sinistre portrait du personnage.

Après la mort de Lénine, son "testament" devait demeurer confidentiel. Il fut communiqué aux seuls délégués du 13e congrès du Parti de mai 1924, à condition que personne n'en dévoilât l'existence. Mais le secret ne dura pas longtemps. Le document fut révélé à l'étranger en 1925 par un proche de Trotski, le journaliste socialiste américain Max Eastman, dans son essai sur l'évolution de l'URSS intitulé *Since Lenin died* – Depuis la mort de Lénine.

Cette publication suscita de vifs remous à Moscou et provoqua un scandale dont on tenta d'abord de sortir en assurant que ce texte était un faux. Le Politburo somma d'ailleurs Trotski de désavouer les révélations de son ami américain.

Une fois seul au pouvoir, Staline reconnut l'existence du testament. Toutefois, en 1927, on retiendra encore qu'il n'existe aucune preuve de l'authenticité du texte et on affirmera que les lettres prétendument « dictées » n'ont probablement pas eu Lénine pour auteur.

Sur le moment, Staline réagit promptement à cette attaque afin de dominer la succession de Lénine. Citant une requête anonyme de "camarades de province" – donc très probablement formulée par lui seul – Staline demanda l'embaumement du défunt. Il fit accepter par la commission le principe de funérailles grandioses et interdit formellement de diffuser le fameux "testament de Lénine".

L'organisation de cette cérémonie allait changer la donne de la succession de Lénine.

Le 26 janvier 1924, au XIe congrès des soviets, treize orateurs rendirent hommage au défunt. Trotski était absent. Il aurait pu être là si un télégramme de Staline ne l'avait pas sournoisement trompé, à un jour près, sur la date des funérailles. Quand le fondateur de l'armée rouge reçut à Tiflis l'annonce de la mort de Lénine, il s'enquit aussitôt par télégramme de la date de la cérémonie.

Staline lui répondit qu'elle aurait lieu le samedi, qu'il ne pourrait donc revenir à temps et que, « *vu son état de santé, il ne devait pas changer ses projets et se rendre à son lieu de cure* ». Trotski venait en effet de subir une crise d'épilepsie : il resta donc à la chasse dans le Midi de la Russie.

En réalité, les obsèques étaient fixées au dimanche 27 janvier. Lors de la cérémonie Staline fut le quatrième à parler. Son discours donna le ton. D'une voix faible, il s'exprima lentement. Chaque parole, chaque geste laissait planer des doutes sur le sens secret de son discours qui revêtait alors une signification tout à fait singulière. On donnait à ses mots prononcés d'une voix à peine audible un sens caché, mystérieux. Modestement, presque pauvrement habillé, il arborait une paire de bottes de cavalerie et une chemise kaki sans la moindre décoration. Il s'était revêtu d'une vieille capote de soldat et portait une casquette fripée qu'il enleva pour la circonstance.

S'improvisant grand prêtre de la cérémonie, puisant dans sa mémoire d'ancien séminariste, il psalmodia d'une voix monocorde un texte étrangement proche de la litanie. Pareille incantation s'adressait au code mental du pays. Après avoir invité ceux qui l'écoutaient à « construire le royaume du travail sur terre et non au ciel », il prononça un serment à Lénine et se posa dès lors en unique exécuteur testamentaire du dieu disparu.

En se plaçant ingénieusement lui-même au centre de l'iconostase politique, Staline façonnait habilement la symbolique du dieu mort Lénine, pour y substituer le nouveau dieu vivant, Staline.

Staline où la statue du Commandeur

Staline n'avait rien d'une divinité dans la vie quotidienne. Il était modeste tant dans sa tenue que dans sa manière de vivre. Un logis quelconque, des repas simples : tel était son quotidien, malgré les remontrances de ses compagnons de route qui voulaient le faire habiter dans un lieu plus adapté à sa fonction. Mais lui ne voulait surtout pas rejoindre « la souricière » de Moscou.

Pourtant, s'il n'avait pas le goût du luxe, chacune de ses résidences – une quinzaine environ – attendait l'arrivée du chef du Kremlin en préparant chaque jour à son attention, avec une infinité de précautions, le gîte et le couvert au cas où il viendrait…

« Le peuple a besoin d'une idole, le Kremlin a besoin d'un tsar », répétait Staline à sa belle-sœur. Il reprenait à son compte l'image que le tsar Ivan le Terrible avait définitivement imprimée dans l'imaginaire collectif : « Nous vivons comme une forteresse assiégée, les ennemis sont partout ! »

Le pouvoir fonctionnait sur un système de surveillance mutuelle particulièrement efficace. La pyramide du pouvoir exigeait de chacun une tyrannie sans état d'âme, tant vis-à-vis de ses subordonnés que de ses chefs. Cette obligation s'entourait d'une phraséologie marxiste qui portait au pinacle la « lutte des classes » et la « dictature du prolétariat ».

Désormais, Staline se devait de naviguer habilement en successeur de Lénine. Il lui fallait reprendre à son compte les idéaux révolutionnaires, tout en s'inscrivant dans la continuité historique du pouvoir. Plus que jamais, il lui fallait éliminer de toutes parts les contradicteurs afin de se maintenir. Ainsi, il n'hésiterait pas à s'appuyer sur la violence au nom du maintien de l'ordre et de la prospérité.

Dans cet esprit, la collectivisation des campagnes et la Grande Terreur vertigineuse des années 1937-1938 coïncidèrent avec la "débolchévisation" du régime, le rétablissement des rangs, la réhabilitation de la famille traditionnelle. La succession de Lénine devait mêler les valeurs de chaque régime et tirer sa force de cette ambiguïté. On retrouvait là comme en écho les méthodes de gouvernement des grands tsars que leurs biographes se plaisaient à souligner et dont Staline se délectait en les lisant.

Comme eux, il savait jouer à la perfection clan contre clan, rivalité contre rivalité. Il s'allia d'abord avec

Zinoviev et Kamenev pour éliminer Trotski, son adversaire le plus dangereux. Une fois ce dernier sorti du jeu, il oublia ses alliances et se rapprocha de Boukharine, Tomski et Rykov. Cette fois, leur ambition était d'éliminer Zinoviev et Kamenev de la direction. Quand ce coup de maître fut réalisé et sa puissance assurée, il se retourna contre ses derniers alliés : Boukharine fut exclu du Politburo en novembre 1929, Tomski en juillet 1930, Rykov en décembre 1930.

Au-delà de ces manœuvres politiques stratégiques qui allaient asseoir sa puissance, Staline avait surtout réussi à se faire le dépositaire incontesté de l'héritage de Lénine. Il apparaissait comme celui qui, mieux que tout autre, avait compris sa pensée et pouvait assurer la continuité de l'oeuvre interrompue par la maladie et la mort. Dès avril 1924, il se lança dans une série de conférences qu'il réunit en un ouvrage clairement intitulé *Les Bases du léninisme*. Du léninisme, il sélectionna en fait quelques idées comme la nécessité de la discipline et de l'unité du Parti. Avant-gardiste, meneur, il savait avant tout autre tirer les conclusions de l'échec.

Un an avant la tentative d'insurrection communiste en Allemagne, Staline développa la théorie de la « construction du socialisme dans un seul pays ». Ce choix stratégique fondamental impliquait de reprendre la marche en avant de la révolution socialiste en Union soviétique, que Lénine avait interrompue en 1921 en promulguant la NEP. En effet, face à la colère des ouvriers d'une part et des paysans de l'autre, il avait fait marche arrière dans le développement de la collectivisation. Cette idée de la « construction du socialisme dans un seul pays » donnait une nouvelle espérance. Elle fixait également un objectif concret à tous ceux qui doutaient de la révolution mondiale. Enfin, elle jouait sur la fibre nationaliste que Staline ne manquerait pas de mobiliser dans les années à venir.

Pourtant, ce qui a surtout contribué à la réussite de Staline sur les autres "héritiers de Lénine", c'est son identification pleine et entière à la « ligne générale » du Parti. Celle-ci était exprimée d'une manière extrêmement simple, voire schématique, qui la rendait accessible aux tout nouveaux militants peu formés politiquement. Staline parvint ainsi à réduire le débat politique à la lutte entre une "ligne générale" qu'il incarnait, au centre, et des "déviations de gauche" en la personne de Trotski ou des "déviations de droite" portées par Boukharine, Tomski et Rykov. Or toutes ces "déviations" ne pouvaient que menacer la fragile unité du Parti.

À partir de 1928, Staline géra l'intégralité de la vie du pays. Car il était désormais le seul à savoir se guider dans l'opacité du système soviétique. Il connaissait le fonctionnement de tous les rouages du pouvoir. En outre, depuis les années 1920, il disposait pour son propre usage d'un réseau d'informateurs extrêmement performant.

Les institutions légales n'avaient pas de réelle importance. Elles avaient pour rôle d'appliquer les décisions de Staline qui, lui, décidait seul. Elles n'avaient aucun pouvoir de régulation ni même d'alerte puisque personne au sommet de l'État n'était en mesure de les écouter. Sa police secrète demeurera, jusqu'à la chute du communisme en 1989, l'une des plus grandes forces mondiales. On y retrouvait une culture de l'ordre, de la discipline, de l'obéissance sans réserve au chef, et même une forme de liturgie qui l'apparentait à une institution religieuse. Et ses organes ne manquaient pas de ressembler à un ordre d'inquisiteurs ou à un réseau terroriste aussi soudé et réglé qu'un monastère.

La mort de Staline

Le 5 mars 1953, à neuf heures cinquante du matin, Staline mourut.

Le lendemain seulement, à 6 heures du matin, le pays entendit la voix grave et modulée du présentateur de la radio soviétique. Il apprenait sentencieusement au monde la mort de Staline : « Le cœur de Joseph Vissarionovitch Staline, compagnon d'armes et génial continuateur de l'œuvre de Lénine, sage guide et éducateur du parti communiste et des peuples soviétiques, a cessé de battre ! »

La dépouille du tsar rouge fut exposée dans la salle des Colonnes. Après avoir abrité la magnificence des bals de l'ancienne noblesse moscovite, ce lieu était devenu la Maison des syndicats. Quelle meilleure place pouvait honorer celui qui s'était posé, dès 1924, en exécuteur testamentaire de Lénine et en grand prêtre de l'héritage de la révolution d'Octobre ?

Le souvenir du tsar Rouge allait désormais hanter le pays. Aucun autre protagoniste de la révolution russe

– ni Trotski ni même Lénine – n'ont provoqué une telle fixation dans les mentalités.

Ainsi, chaque successeur du "guide" sera contraint de prendre position face à la dualité du dictateur qui se présentait comme défenseur à la fois de l'héritage des tsars et de la révolution bolchévique.

Quand on annonça que les honneurs pouvaient être rendus à la dépouille de Staline, le peuple déferla vers le centre de la capitale pour se recueillir dans cette immense chambre mortuaire aux murs de marbre et aux énormes lustres de cristal. Miroir de la Russie éternelle, cette foule rappelait à travers le temps celle qui accourait jadis des provinces pour assister au couronnement comme aux funérailles des tsars les plus cruels.

Sous un ciel qui laissait s'échapper quelques flocons de neige, les familles étaient portées par une vague humaine. Un silence pesant enveloppait la ville, troublé de temps à autre par les coups assourdis de l'horloge du Kremlin. Seul le crissement des pas sur la chaussée enneigée donnait une apparence de vie aux rues désertées.

Staline n'avait pas préparé sa succession. Comme le voulait le protocole, le pouvoir échut collégialement au Bureau politique. Toutefois, il était illusoire d'imaginer gouverner sans un chef qui assumât les nombreuses décisions à venir. Parmi ceux qui l'avaient côtoyé, accompagné, écouté de si près, qui pouvait reprendre les rênes du pays ? Qui pouvait porter l'héritage de la jeune révolution russe ?

La plupart des boyards du tsar Rouge étaient d'assez extraordinaires personnages, impliqués dans les choix stratégiques et les crimes du régime.

Beria avait régné pendant quinze ans à la tête de la police politique – record absolu de longévité à un tel poste. Au printemps 1953, on l'imaginait volontiers en futur chef du Kremlin. C'est d'ailleurs lui qui fut chargé d'organiser les funérailles du dictateur. N'était-ce pas là un signe ?

Puis il y avait Khrouchtchev. Fils de paysan, ancien ouvrier, quasi analphabète, il avait été le serviteur de la terreur. Sur le terrain et dans les coulisses, il avait appris sur le vif les rouages du haut sérail. Pendant l'agonie de Staline, il sut rappeler son zèle et se fit attribuer l'intérim de la présidence du Conseil des ministres le 2 mars. Il renoncera à ce poste qu'il concèdera à Malenkov le 6 mars… pour obtenir la direction du Parti.

Molotov a livré autour de la mort de Staline un témoignage édifiant. En effet, il révéla que pendant les funérailles, Beria avait lâché ces mots énigmatiques : « C'est moi qui ai liquidé le tyran ! » Il n'en faudra pas davantage pour que le bruit courre : comme pratiquement tous les autres acteurs de la révolution russe, le "tsar rouge" avait été assassiné !

Encore aujourd'hui, malgré l'opiniâtreté des chercheurs, la réponse n'est pas définitive. Plusieurs éléments troublants interrogent sur la nature de la mort de Staline. Sans doute le premier élément du mystère réside-t-il d'emblée dans la disparition d'un document-clé : le rapport d'autopsie. Pour quelle raison ? Quel secret aurait-il permis de dévoiler ? Le mystère reste entier et n'en finit pas de nourrir toutes les suspicions.

Khrouchtchev sabote l'héritage de la révolution

C'est finalement Khrouchtchev qui gagna la bataille de la succession. Dès lors, il gouverna l'URSS de 1953 à 1964. Le temps de l'ambiguïté était désormais passé. Il triompha en se plaçant comme gardien de l'héritage de la révolution d'Octobre.

Ce petit bonhomme rondouillard avait tout vécu. Inscrit au Parti depuis 1918, fidèle de Staline depuis 1930, il s'était retrouvé à deux reprises vice-roi du tsar rouge en Ukraine. Il s'y était fait connaître en expédiant au goulag de nombreux habitants. Les archives n'ont pas encore permis de connaître son implication précise dans la famine organisée qui ravagea l'Ukraine entre 1932 et 1933 et qui provoqua la mort de six à huit millions de victimes. Mais les documents restants en disent suffisamment long.

Durant la grande terreur des années 1936 et 1937, lorsqu'il dirigeait la région de Moscou, Khrouchtchev a personnellement signé des listes exigeant l'exécution de plusieurs centaines de milliers de personnes. Lorsqu'il devint chef du Kremlin en 1953, on sait qu'il détruisit immédiatement plus de deux cents pages de son dossier personnel, effaçant probablement ainsi ses plus graves forfaits.

Car la personnalité de Khrouchtchev interroge encore. A-t-il permis une "déstalinisation" nécessaire ou s'est-il posé en sauveur du système totalitaire instauré par la révolution d'Octobre ?

Comme souvent chez les dirigeants russes, qui ont hérité des tourments de l'âme slave, sa démarche fut marquée par de profondes contradictions. On doit le lui reconnaître, Khrouchtchev est celui qui, le premier, a braqué les projecteurs sur les crimes de Staline. Cependant, en jetant cette lumière crue, il laissait dans une ombre d'autant plus noire tout ce qui se trouvait autour. À commencer par ses propres actions au service du pouvoir ! Son but évident était de perpétuer la domination du Parti communiste, ce qui impliquait le renforcement de la nomenklatura, cette corporation fermée réunissant de hauts dirigeants du Kremlin.

Expert dans l'art de la manipulation, il rassurait les serviteurs du régime : « La terreur ne vous vise plus, disait-il en substance, vous pouvez profiter de vos privilèges. » D'ailleurs, son fameux rapport secret au

XXe congrès en 1956 exonérait la classe dirigeante des crimes de l'ère précédente. Les seuls coupables, Staline et son âme damnée Beria, n'étaient plus là pour leur nuire.

Le jovial successeur de Staline portait aussi, sans l'avoir théorisé, un coup décisif au système soviétique. En dévoilant que le Parti s'était laissé guider par un « psychopathe », il raillait ouvertement le culte du chef auréolé. Il remettait en cause « l'infaillibilité doctrinale » et cette forme de « religion politique » qui accaparait entièrement les corps et les cœurs en enlevant tout esprit critique. Le jeu était dangereux dans un pays où la violence et la terreur avaient permis d'asseoir un pouvoir fondé sur une idéologie encore mal installée.

À court terme d'ailleurs, le rapport secret déboucha sur la révolte de Budapest à l'automne 1956. En rompant avec le mythe de Staline, Khrouchtchev déclencha le processus irréversible qui mena, trente-cinq ans plus tard, à la chute de l'Union soviétique et la destruction du système engendré la révolution d'Octobre.

La perestroïka ou la contre-révolution réussie

Durant les dix-huit années suivantes, le pouvoir russe allait être marqué par la fragilité et la santé défaillante de ses gouvernants : après Leonid Brejnev, qui succéda à Khrouchtchev, et s'éteignit à l'âge de soixante-seize ans en novembre 1982, Iouri Andropov, chef mythique du KGB, gouverna seulement seize mois. Parvenu à soixante-huit ans au sommet de l'État, il fut affecté près d'un an plus tard d'une sévère maladie rénale qui l'emporta en février 1984.

Le sixième secrétaire général, Konstantin Tchernenko, mourut à son tour à soixante-quatorze ans, en mars 1985, au terme de treize mois de règne.

L'un dans l'autre, l'URSS venait de passer une décennie entière dans l'ombre funèbre de ses chefs. Ce fut en partie pour conjurer cette impression de morne fatalité que le bureau politique – dont six membres sur dix avaient autour de quatre-vingts ans – se tourna en 1985 vers son benjamin Mikhaïl Gorbachev.

Cette nomination allait amorcer un changement tangible dans la vie quotidienne du peuple russe. Gorbachev lança une période de réformes connue sous le nom de *perestroïka*. Elle symbolisa la sortie sans effusion de sang du système totalitaire engendré par la révolution d'Octobre 1917 et permit un retour de la Russie sur la scène internationale.

Après les épisodes révolutionnaires que l'on avait connus durant toute la première moitié du XXe siècle et l'accoutumance à l'usage de la terreur, on aurait légitimement pu craindre qu'une telle rupture provoque l'enlisement du pays dans la guerre civile. Pire encore : avec l'ouverture des frontières, on pouvait même imaginer une apocalypse mondiale. Or la sortie du système fut assurée en douceur.

Ce phénomène historique était non seulement unique mais inespéré sur un territoire doté de dix mille têtes nucléaires, habitué à un autoritarisme expéditif et à un pouvoir s'imposant par la violence.

Gorbachev découvrit les appartements secrets, les couloirs silencieux où les gardes étaient sans cesse déplacés d'un poste à un autre, afin qu'un éventuel comploteur ne sache jamais à qui, tel jour et à tel moment, il aura affaire.

Il avait dîné avec Brejnev dans les salles basses et chargées de fresques des palais les plus anciens, ceux d'Ivan le Terrible et de Mikhaïl Ier Romanov. Il avait travaillé avec Andropov dans le bureau de Staline puis s'était assis plus tard dans le fauteuil d'Andropov pour diriger les travaux du bureau politique.

Il connaissait le Kremlin l'hiver, nocturne dès midi, enserré dans des tourbillons de neige, et celui des nuits blanches d'été, enveloppé par une lumière crue. Maintenant qu'il était seul au sommet du pouvoir, il avait le sentiment de découvrir un monde complètement nouveau.

Gorbatchev observa les combinés téléphoniques sur son bureau. « Le communisme, disait Lénine en 1920, ce sont les soviets, plus l'électricité. » H. G. Wells avait corrigé : « C'est Gengis Khan, plus le télégraphe... ».

Staline, lui, en avait donné la définition exacte : « C'est moi, plus le téléphone. » L'extraordinaire téléphone de couleur ivoire transmettait jusqu'aux confins de l'Empire soviétique la voix du maître. Il réduisait les espaces et transformait le maître du Kremlin en voisin immédiat. Au loin, prince ou boyar, un homme se trouvait interpellé et se découvrait, le temps d'un appel, condamné en sursis.

Le tsar rouge parlait, ordonnait. Il distribuait vie ou mort, paix ou guerre, promotions ou déchéances à l'autre bout du pays. Il déclenchait de grands travaux ou ordonnait de tirer des fusées vers la lune. En quelques mots, il faisait disparaitre des quartiers séculaires ou dynamiter des églises. Un bolchévik ne discutait jamais l'ordre reçu au téléphone lorsqu'il reconnaissait la voix du secrétaire du parti ou d'un membre du bureau politique.

Gorbatchev, néanmoins, décida de rompre avec cette tradition viscérale d'autoritarisme. Le système hérité de la révolution d'Octobre arrivait à son terme, et il en avait pleine conscience. Mais il était encore possible de profiter de l'élan qui avait été pris et de le mettre à profit pour instaurer un autre système. Le secrétaire général devrait ruser avec le parti, l'État, l'armée, le peuple. Il dresserait un rideau de fumée formé de décrets « léninistes » qui, usant d'un vocabulaire fidèle à la langue de bois conventionnelle, passeraient pour conformes à l'orthodoxie rouge.

Le régime soviétique était né dans la douleur. Par petites touches, Gorbatchev voulait faire jaillir au milieu du communisme rien moins que la liberté.

Le nouveau maître du Kremlin placerait ainsi tout le monde devant le fait accompli. « Il n'y a pas d'autre voie, en effet », me répétait souvent alors Yakovlev, l'idéologue de la pérestroïka. « Si l'on évoque la rupture avec la révolution d'Octobre, le KGB et le parti nous feront la peau. Mais si, tout en jouant la rhétorique léniniste, on instaure la liberté, personne ne se doutera de rien ! L'essentiel, c'est que la liberté soit là. Le jour où elle est rétablie de facto, personne ne pourra plus lui résister… »

Gorbatchev et Yakovlev imaginaient aussi pouvoir disposer d'argent frais pour mener à bien cette opération souterraine : ils en étaient convaincus, le soutien de l'Occident ne manquerait pas pour permettre une libéralisation irréversible du régime soviétique.

Pourtant, c'est au PCUS, le Parti Communiste d'Union Soviétique que Gorbatchev allait réserver la conduite de cette politique. La seule force politique organisée du pays comptait quelque dix-neuf millions de membres qui allaient être mis à contribution pour cette évolution historique.

Yakovlev entreprit donc de consolider l'emprise du nouveau secrétaire général sur les principaux centres de décision du pays, non sans faire une erreur qu'il m'a plus tard avouée : « Nous avons voulu garder notre influence sur le parti, oubliant le KGB, ce véritable État dans l'État, l'adversaire le plus dangereux des réformes. »

Cependant, je l'ai également souvent entendu répéter : « Nous allons utiliser le PCUS, l'instrument bolchévique, pour torpiller l'héritage de la révolution d'Octobre ».

Gorbatchev et Yakovlev discernaient par-là quel outil irremplaçable, mais dangereux, constituait le parti : « Il ne faut pas laisser ce monstre en liberté. »

Toutefois, Gorbatchev ménageait le KGB, soutien efficace dans la lutte pour le pouvoir suprême.

Deng Xiaoping impressionnait beaucoup le KGB. Le style et les choix du fondateur de la Chine moderne fascinaient ses voisins russes. Il avait réussi à conserver un système politique inspiré par la révolution d'Octobre mais pratiquait en même temps des ouvertures sur le plan économique. Parfaitement informé sur son pays, il était assez lucide sur sa situation réelle.

Selon Yakovlev, deux projets inconciliables de réforme allaient se heurter. Le KGB voulait à tout prix sauver le régime totalitaire créé par la révolution d'Octobre. Gorbatchev, lui, envisageait sérieusement la sortie du communisme car il estimait le système soviétique criminel. Or pour la sûreté de tous, en particulier des hiérarques en poste, les hommes de la police politique ne souhaitaient pas ce genre de relâchement. Un groupe, que l'on pourrait qualifier de "modernisateur autoritaire", voulait une reprise en main nationaliste de l'appareil de production.

Gorbatchev continuait à jouer sur tous les tableaux. Il était à la fois le symbole de la réforme et le chef de la nomenklatura soviétique. À ce titre, il devait contrôler, mener voire manipuler les représentants de deux tendances opposées dans son entourage. Il naviguait en maniant à l'extrême l'habileté la plus politique qui soit : l'ambiguïté.

En 1991, l'Histoire s'accéléra.

Le 7 janvier, les parachutistes de l'Armée rouge entraient dans les États baltes pour empêcher l'éclatement de l'URSS.

Le 19 février, Boris Eltsine, chef de l'opposition démocratique, réagissait en appelant à « déclarer la guerre à la direction soviétique ». La Géorgie, elle, proclamait son indépendance. Fin avril, Gorbatchev réunissait dans sa datcha les dirigeants des Républiques favorables à une « union innovée ». Puis, au début de l'été 1991, le leader de la *perestroïka* projeta enfin de limoger le chef du KGB ainsi que d'autres ministres hostiles aux réformes dès que serait signé le Traité de l'Union, le 20 août. Cet accord annoncerait la fin de l'URSS.

Immédiatement, la direction du KGB tira une conclusion logique : pour sauver l'héritage de la révolution d'Octobre, il fallait organiser de toute urgence un coup de force, seul recours pour arrêter la *perestroïka*.

Le 4 août 1991, Gorbatchev partait passer ses vacances d'été en Crimée. Le lendemain de son départ, le chef du KGB et ses acolytes, en particulier le ministre de la Défense et le ministre de l'Intérieur, se constituèrent en Comité pour l'état d'urgence.

De nouveau, la machine de la violence était prête à se mettre en marche. Le 18 août, les conjurés tentèrent une dernière fois de convaincre Gorbatchev d'introduire l'état d'urgence. En vain. Ils l'assignèrent alors à résidence et annoncèrent le lendemain que des « raisons de santé » l'empêchaient d'administrer le pays.

Mais les vieux mécanismes autocratiques hérités de la révolution bolchévique étaient grippés. Un retour “au temps d'avant” s'avérait désormais impossible et les conspirateurs en furent pour leurs frais.

Le coup d'État échoua en quatre jours. Non seulement il ne permit pas aux ministres en place de reprendre mais, à l'encontre de l'objectif des putschistes, cette “action spéciale” qui voulait sauver la construction léniniste accéléra sa perte et provoqua l'éclatement de l'Union soviétique.

Gorbatchev rentra à Moscou, conscient qu'un tournant majeur venait d'être pris. Enhardies par l'exemple de la Géorgie, les Républiques de l'Union soviétique se proclamèrent indépendantes, signifiant aussitôt la fin de l'Empire soviétique qui s'effondra brusquement. La dictature que Lénine avait instaurée en 1917 avait duré soixante-treize ans et demi.

Sur un plan purement technique, l'échec de ce coup de force s'explique simplement. Yazov, un vétéran de la guerre qui occupait le poste de ministre de la Défense, avait averti les conjurés : « Si vous voulez tirer sur la foule, je ne vous suivrai pas. » Ses chars entrèrent donc dans Moscou sans munitions, privant de facto les putschistes du soutien de l'armée.

Ce revers doit être également mis au crédit de Boris Eltsine. Quelques mois plus tôt, en juin 1991, il avait conquis au suffrage universel le poste de président de la Russie. Auréolé de cette récente légitimité, il monta sur un tank et en appela à la résistance. Cette image symbolique lui est restée, elle a fait le tour du monde.

Ce 19 août 1991 demeure un moment fatidique. Il a démontré que le pouvoir centralisé instauré par Lénine avait pu imploser en quelques heures. L'Empire totalitaire tint encore quelques mois mais début décembre, les dirigeants russes, ukrainiens et biélorusses proclamèrent que « l'URSS avait cessé d'exister ». Gorbatchev démissionna de son poste de président de l'Union soviétique le 25 décembre 1991.

Boris Eltsine avait promis de débarrasser son pays de l'héritage de la révolution russe. Toutefois, comme à son habitude, sa démarche était contradictoire. D'une part, il présentait la nouvelle Russie comme l'héritière directe de l'URSS. D'autre part, le tsarisme restait sa référence majeure.

À vrai dire, Eltsine avait décidé de privilégier « la réconciliation nationale » au lieu de s'attarder sur la reconnaissance des crimes du système totalitaire soviétique depuis octobre 1917. Le « procès du PCUS » en 1992 n'avait rien apporté au pays. Au contraire, ce simulacre avait ouvert la voie au concept néostalinien de la continuité de l'histoire russe. À l'Empire des tsars succédait l'Empire soviétique continué par l'État russe. C'est d'ailleurs cette pleine continuité que Vladimir Poutine assuma en devenant président russe en 2000.

*

À Iekaterinbourg, rebaptisée Sverdlovsk sous le régime soviétique, la maison Ipatiev où fut assassinée la famille impériale en 1918 était devenue un lieu de pèlerinage. Près de soixante ans plus tard, elle était encore très fréquentée au point que les hiérarques moscovites s'en émurent. En 1977, ils donnèrent l'ordre de la détruire.

Lorsqu'Eltsine était chef du parti communiste local, il était allé consulter les documents de 1918 aux archives régionales. Il avait reconnu plus tard que la lecture de ces dossiers était pénible. Il se trouvait être ainsi l'un des rares initiés au mystère de la mort du tsar et des siens. Dans ses *Mémoires*, il ne donne pas davantage de détails mais il évoque la « résolution concrète » du comité central : « Le comité régional du parti devait assumer la responsabilité de cette décision insensée prise en haut lieu. C'est ainsi que, de nuit, nous fîmes venir du matériel devant la maison Ipatiev. Au matin, la place était nette. Par la suite, ordre fut donné de goudronner ».

Bien plus tard, Eltsine devint le chef du Kremlin de la Russie post-soviétique. Sous sa houlette, le tsar, la tsarine et leurs enfants furent canonisés comme "martyrs du communisme" par l'Église orthodoxe, en la fête de la Transfiguration du 19 août de l'an 2000. Deux ans auparavant, le 17 juillet 1998, lors d'une célébration en l'honneur de la famille impériale russe à Saint-Pétersbourg, le président Eltsine avait déclaré : « Nous sommes longtemps restés silencieux sur ce crime monstrueux ; coupables sont ceux qui ont perpétré ce meurtre haineux et ceux qui l'ont justifié pendant des décennies, nous tous. Nous devons dire la vérité : le massacre du tsar est devenu l'une des pages les plus honteuses de notre histoire. En enterrant ces victimes innocentes, nous voulons expier les péchés de nos ancêtres. Nous devons terminer ce siècle, qui est devenu le siècle du sang et du non-droit pour la Russie, par la repentance et la réconciliation ».

Épilogue :
Poutine et l'héritage de Lénine

« Le peuple russe possède une longue tradition de tsars forts », a proclamé le président Poutine.

Idéologiquement, Poutine a, lui aussi, joué l'ambiguïté avec finesse. En digne héritier de ses prédécesseurs, il a pris ses distances avec la révolution d'Octobre. Il a également induit la condamnation de Lénine au profit d'une réhabilitation rampante de Staline, devenu symbole de l'ordre et de la sécurité de l'Empire, par le biais notamment de la lutte contre le nazisme.

Lénine, c'était la révolution russe et l'idéologie communiste. Staline, c'est la grandeur de la Russie éternelle et la splendeur des tsars.

Certes, le parti unique et son idéologie d'État ont disparu ; mais la domination de la police secrète et de l'armée, le contrôle de l'économie et des médias, le refus de fait du pluralisme, demeure.

Aujourd'hui, à travers ce monopole de Poutine dans la politique, la haute administration et le milieu des affaires, Staline tend la main aux oligarques d'État actuels, au-dessus du gouffre creusé par la chute de l'URSS en 1991.

Si la majorité des Russes condamne la terreur bolchévique, les répressions et les déportations, ils les justifient toutefois en invoquant la nécessité de construire « un État fort », cette vieille hantise du pays rappelant l'héritage de la révolution d'Octobre.

On devine ici le pont historique établi par Poutine qui a eu cette phrase révélatrice : « Celui qui ne regrette pas l'URSS n'a pas de cœur. Celui qui la regrette n'a pas d'intelligence… »

Chronologie

Avertissement : les dates de l'histoire russe sont données dans le calendrier julien jusqu'à sa suppression, le 1er février 1918.

1917

3 mars	Abdication de Nicolas II.
5 mars	Constitution d'un gouvernement provisoire.
Juin	Offensive russe sur le front sud, marquée par un échec.
5 juillet	Kerenski devient président du Conseil.
Fin août	Tentative contre-révolutionnaire du général Kornilov, circonscrite par la garde rouge.
14 sept.	Proclamation de la République ; Kerenski prend la tête d'un directoire.
25 oct.	Coup d'État sous la direction des bolcheviks.

27 octobre Formation du Conseil des commissaires du peuple présidé par Lénine ; décrets sur la paix et sur la terre. Après la révolution d'Octobre, Staline est nommé commissaire du peuple aux Nationalités. Il s'affronte déjà avec Trotski, qu'il fera assassiner en 1940.

1918

5 janvier	Réunion de l'Assemblée constituante élue à Petrograd.
6 janvier	Dissolution de la Constituante.
15 janvier	Formation de l'Armée rouge.
Février	Offensive austro-allemande contre la Russie soviétique.
1er/14 février	Adoption du calendrier grégorien.
10-11 mars	La capitale de la Russie est transférée de Petrograd à Moscou. Le gouvernement soviétique s'installe au Kremlin.
Mars-avril	Corps expéditionnaire antibolchevique des Alliés à Mourmansk.
Avril	Corps expéditionnaire japonais et anglais à Vladivostok.
25 mai	Soulèvement contre-révolutionnaire du corps expéditionnaire tchèque.
8 juin	Prise de Samara par les troupes blanches.
28 juin	Formation en Sibérie d'un gouvernement provisoire contre-révolutionnaire.

4-10 juillet Le Ve Congrès panrusse des soviets adopt la première Constitution soviétique.

2 août Débarquement anglo-américano-français à Arkhangelsk.

4 août Occupation de Bakou par les Anglais.

30 août Attentat contre Lénine.

1924 Mort de Lénine. Dans une lettre testament au parti, le leader de la Révolution aurait suggéré d'« écarter Staline, car ses défauts ne sont pas acceptables ».

1924-1953 Staline dirige l'Union soviétique.

1929 À cinquante ans, Staline est le maître absolu de l'URSS. C'est le début du culte de la personnalité et de la terreur contre les koulaks.

1937-1938 La Grande Terreur. Plus d'un million et demi d'éléments antisoviétiques sont tués ou envoyés au goulag.

1941 Opération « Barbarossa ». Rompant le pacte signé en 1939, Hitler attaque l'URSS le 22 juin. En décembre, les Allemands sont aux portes de Moscou.

1943 Victoire de Stalingrad, puis de Koursk, tournants de la guerre. La même année, le fils aîné de Staline, Yakov, est abattu dans un camp de prisonniers.

1945 Conférence de Yalta. Staline, Churchill et Roosevelt se partagent le monde et décident de créer l'ONU. Grand vainqueur, Staline obtient l'Europe de l'Est.

1948 Coup de Prague. Les communistes s'emparent du pouvoir en Tchécoslovaquie. La même année, les Soviétiques imposent le blocus de Berlin.

1953 Mort de Staline. Après quatre jours d'agonie, il s'éteint le jeudi 5 mars à 21h50, dans sa datcha, près de Moscou. Ses funérailles sont grandioses.

1956 Devant le XXe Congrès du parti communiste, Khrouchtchev dénonce certains crimes du stalinisme et le culte de la personnalité.

1953-1964 Khrouchtchev dirige l'Union soviétique.

1964-1982 Brejnev dirige l'Union soviétique.

1979 Décembre : intervention de l'armée soviétique en Afghanistan.

1985 Mars : Gorbatchev, secrétaire général du PCUS, lance la perestroïka.

1988-1989 Retrait des troupes soviétiques d'Afghanistan.

1989 Élections à candidatures multiples en URSS.

1990 Instauration d'un régime présidentiel en URSS.

Mars Gorbatchev est élu président de l'Union par le congrès des députés du peuple.

1991

Juin Eltsine est élu président de la fédération de Russie.

19-21 août Tentative de putsch conservateur contre le président Gorbatchev.

Décembre Disparition de l'URSS.

1996

Juin Réélection d'Eltsine à la présidence de la fédération de Russie.

2000

Mars Poutine est élu à la présidence de la fédération de Russie.

2008 Élection de Medvedev à la présidence de la fédération de Russie. Poutine est nommé Premier ministre.

2012 Réélection de Poutine à la présidence.

Table des matières

Du même auteur

Histoire de la diplomatie française, Académie diplomatique, 1985.

Histoire secrète d'un coup d'État, avec Ulysse Gosset, Lattès, 1991.

Les Égéries russes, avec Gonzague Saint Bris, Lattès, 1994.

Les Égéries romantiques, Lattès, 1995.

Le Département du diable, Plon, 1996.

Les Deux Sœurs ou l'Art d'aimer, Lattès, 1997, 2004. (prix des Romancières)

Le Triangle russe, Plon, 1999.

Les Tsarines, les femmes qui ont fait la Russie, Éditions du Rocher, 2000.

De Raspoutine à Poutine, les hommes de l'ombre, Éditions Perrin livre de poche, 2001. (prix d'Étretat)

Le Retour de la Russie, avec Michel Gurfinkiel, Odile Jacob, 2001.

L'Histoire secrète des Ballets russes, Éditions du Rocher, 2002. (prix des écrivains francophones d'Amérique)

La Guerre froide, Mémorial de Caen, 2002.

Les Tsarines, Éditions du Rocher, 2002.

La Fin de l'URSS, Mémorial de Caen, 2002.

Le Roman de Saint-Pétersbourg, Éditions du Rocher, 2003. (prix de l'Europe)

Le Roman du Kremlin, Éditions du Rocher-Mémorial de Caen, 2004. (prix Louis Pauwels)

Diaghilev et Monaco, Éditions du Rocher, 2004.

Le Roman de la Russie insolite : du Transsibérien à la Volga, Éditions du Rocher 2004.

Paris - Saint-Pétersbourg : la grande histoire d'amour, Presses de la Renaissance, 2005.

Le Roman de l'Orient Express, Éditions du Rocher, 2006. (prix d'histoire André-Castelot)

Le Fantôme de Staline, Éditions du Rocher, 2007.

Les Romans des rencontres magiques, Éditions du Rocher 2007.

Les Amours de la Grande Catherine, Éditions Alphée. Jean-Paul Bertrand, 2008.

Le Roman de l'âme slave, Éditions du Rocher, 2009.

Napoléon et Alexandre, Éditions Alphée, 2009.

Les Romans de la Russie éternelle, Éditions du Rocher, 2009.

Le Roman de Tolstoï, Éditions du Rocher, 2010.

Le Roman de l'espionnage, Éditions du Rocher, 2011.

Le Roman de Raspoutine, Éditions du Rocher, 2011. (Grand prix Palatine du roman historique)

Le Roman du siècle rouge (avec Alexandre Adler), Éditions du Rocher, 2012.

L'islamisme va-t-il gagner ? : le roman du siècle vert (avec Alexandre Adler) éditions du Rocher, 2012.

La Magie de Saint-Pétersbourg, Éditions du Rocher, 2012.

Le Roman des Tsars, Éditions du Rocher, 2013.

Le Roman de la perestroïka, Éditions du Rocher, 2013.

Le Roman des espionnes, Éditions du Rocher, 2014

Poutine, l'itinéraire secret, Éditions du Rocher, 2014.

La Magie de Moscou, Éditions du Rocher, 2014.

La Volupté des neiges, Éditions Albin Michel, 30 avril 2015.

Dictionnaire amoureux de Saint-Pétersbourg, Plon, 2016.

Poutine de A à Z, Stock, 2017.

Au cœur du Kremlin, des tsars rouges à Poutine, Stock, 2018.

Le Roman vrai de la manipulation, Flammarion, 2018

Sur tes cils fond la neige : le Roman vrai du docteur Jivago, Stock, 2019

La Grâce venue des neiges : dans les coulisses des ballets russes, Apopsix, 2019.

Le Phénomène Staline : du tyran rouge au grand vainqueur de la Seconde Guerre mondiale, Stock, 2020.

Le Roman vrai de Gorbatchev, Flammarion, 2021.

Amour et inspiration : muses, artistes et collectionneurs, Balland, 2021.

Pourtine-L'Ukraine. Les faces cachées, Balland, 2022.

Achevé d'imprimer en juillet 2022 par Corlet Imprimeur - 14110 Condé-en-Normandie
Dépôt légal : juillet 2022 - N° d'imprimeur : 22070274 - Imprimé en France